赤松中學
的亞莉亞XVII
Scarlet Ammo
緋彈的宣敘曲

1彈　熱沃當與哿

遷徙蝶群——

那是夏洛克利用條理預知推理出我和麗莎在命運之時會看到的情景。

「還真是漂亮的推理啊，夏洛克。」

我對著過去那位強敵消失的天空送上讚許。

我與麗莎看到這樣的情景已經是第二次了。

第一次是在那段逃亡之旅的盡頭——布爾坦赫的風車小屋前。

還沒有讓我看到「熱沃當之獸」姿態的麗莎，與還沒有讓她看到爆發模式姿態的我簽下主從契約的那一天——我們曾經看過那群遷徙蝶。

如今，我們又再次看到了。

而且是在彼此都看到對方真正的姿態之後。

在我們準備轉守為攻的這個命運的瞬間。

我跨坐在變成巨大金狼、用狗爬式游在大西洋中的麗莎背上——

「看到『龍之港』啦，麗莎，卡羯。」

因為面臨死亡邊緣而覺醒的我，利用垂死爆發的視力看到荷蘭的海岸，於是在一片惡劣天氣下伸手指向敵陣。

被麗莎用鼻頭推著、依然關在V－2逃生艙中的厄水魔女・卡羯抬頭看著我指的方向，操縱海流。

在海流的推送下，麗莎總算游到陸地上。被緩緩升高的太陽隔著雲層微微照耀的V－2發射場上已經看不到人影了。

我們偷偷摸摸地穿過瀑布，從一塊大岩石後面窺視位於瀑布內側的眷屬據點……裡面的狀況有點騷動。

但是從那些納粹女孩們東奔西跑的樣子看來，她們的行動似乎並沒有得到確切的統率。

本來應該負責統率她們的伊碧麗塔則是正準備親自坐進U型潛艇中。

她大概是觀測到V－2墜落的那一幕，打算要去救出卡羯吧……而那位卡羯正用雙手圍成擴音筒，大叫著『我在這裡呀！敵襲――！』但因為逃生艙的氣密性相當高，讓她的聲音根本就傳不到外面。

卡羯在逃生艙中又踢又踹，可是被麗莎打到扭曲變形的艙門依舊打不開。她接著拿出通信器，不過從她氣得把對講機摔出去的樣子看來，通信器大概是在墜落的過程中壞掉了。還真是容易理解的女孩呢。

（雖然沒看到閻跟莎拉的身影……但有個傢伙的行動看起來不太妙啊。）

我抬頭仰望眷屬們拿來當成據點的大型帆船，便看到佩特拉踏著高跟鞋走在上甲板，並且用脣語讀出她說了一句『把貞德帶到這上面』而忍不住咂了一下舌頭。

在佩特拉背後的桅杆上垂掛著一根繩子，下方圍成一個環。是**絞刑臺**啊。

「看來佩特拉以為麗莎——也就是『熱沃當之獸』已死，所以認為讓拿來當活祭品的貞德繼續活下去也沒有意義的樣子。我們必須快點過去。」

我對著把身體縮在岩石後面的麗莎小聲如此說道。不過——

雖然只有短時間，但我的身體在沒有穿加壓服的狀況下往返高空與地表，造成的急速減壓與加壓讓血管以及呼吸系統都多少有點不適了。

在身體疲憊，呼吸也困難的狀況下……只是魯莽地衝出去，感覺並不是聰明的做法。

「——為了分散敵人的戰力，我們就順便進行一點破壞工作吧。麗莎，照我的指示行動。」

我抱著被眷屬發現的覺悟，握起銘劍杜蘭朵，再度騎到麗莎的背上。

「畢竟在香港，我被眷屬用『船』狠狠擺了一道，所以我也想稍微報復一下。妳可以先跳到船首上嗎？」

聽到我的指示，麗莎——把已經對我們無害的卡羯連帶逃生艙丟在原處，「碰！」一聲踏向岩石，用柔軟而流暢的動作跳到模仿海龍外型的船首像上。

「……——敵、敵襲！」

「是熱沃當跟賀呀！」

看到以宛如電影『魔法公主』般的狀態現身的我們，在甲板上的納粹女孩們大聲發出尖叫。

或許是被麗莎巨大的身軀嚇到了，她們接著就紛紛落荒而逃。

從她們慌亂的樣子看來……在這裡的黨員們似乎只是負責照顧眷屬代表戰士們的生活起居、像打雜員工一樣的存在而已。

也好，想逃的人就趁現在快逃吧。反正讓小兵參戰也會違反極東戰役的規則。

「——妳、妳們給我站住！誰敢臨陣逃亡我就槍殺誰！」

見到從海賊船上跳進海水中的黨員們，伊碧麗塔從U型潛艇的指揮艙中探出身體，打算開槍威脅——卻因為把身體探得太出來，連她自己都掉到水中了。

而且她大概是因為不會游泳的關係，在水中載浮載沉，用尖銳的聲音大叫著「Helfe! Helfe mir!（救命！救救我！）」到底在搞什麼啊？

算了，那樣的搞笑角色就先丟在一邊……來進行我們的作戰吧。

「麗莎，跳到那些繩子上，從前面跳到後面。」

我說著，拍拍麗莎的背。於是麗莎——「碰！碰！」地踏著船首像、艄樓，跳到把這艘大型帆船綁在洞窟岩壁的繩索上。

我接著對四腳靈活地保持平衡、像在走鋼索的麗莎發出「下一條」的指示，同時用杜蘭朵砍斷那條粗繩。麗莎跳到下一條繩索，再下一條繩索也是，一一砍斷。最後……海賊船巨大的船體便開始搖晃起來。

在這個『龍之港』中，有地下水脈造成的緩慢水流。因此在水流的推送下——全部繩索都被砍斷的帆船，開始緩緩前進了。

準備穿過瀑布簾幕，朝大海的方向。

「……遠山、金次……！」

佩特拉抬頭看到跳落在輔助帆上的我，發出呻吟。而我則是對她拋了一個媚眼——

「——麗莎，狗狗乖，挖這裡。」

讓麗莎跳向船尾甲板，順勢用爪子擊破甲板。

貞德的所在處我已經知道了。因為她大概是打算趁著外頭陷入混亂的機會逃跑——從內部把船尾側的一個砲孔蓋凍到發白了。

於是我讓麗莎朝著那個地方，在木造的船艙內不斷挖掘……

最後抵達了被關在中部砲列甲板砲臺座中的貞德頭頂上。

「……遠山！」

貞德似乎沒辦法扭斷對付超能力者專用的手銬，因此我讓麗莎跳下去的同時，順便用杜蘭朵幫忙砍斷手銬——

「這……這就是『熱沃當之獸』嗎……！」

接著將杜蘭朵交還將藍寶石色的眼睛瞪得老大的貞德手上。

「沒錯。不過這孩子是個女生，算是不幸中的大幸。」
「原來如此，所以她才會對你那麼溫馴呀。真不愧是花花公子遠山。」
「呃～雖然妳的表情看起來好像很理解的樣子，但我不是那個意思啦……我是說，這樣貞德就不會被吃掉了。畢竟活祭品必須要是異性不是嗎？」
在露出苦笑的我面前——
貞德非常寶貝地抱著杜蘭朵，對我點了兩三下頭。
「Merci（謝謝你），遠山……真是得救了。」
「用不著道謝。之前在 Ecole 的坦克戰中，貞德也救過我啊。」
我察覺到敵人逼近的氣息而拔出貝瑞塔，再度騎到麗莎背上。
而抬頭看著我的貞德則是把自己身上那套活祭品服裝的裙子撕破了。
她大概是為了提高機動能力，自己也打算加入戰鬥。而瞥見她宛如白瓷般細緻的大腿——補充了爆發燃料的我……
「這下就是貞德・達魯克騎士團成立啦。雖然只有團長與騎士各一名而已啦。」
「呵呵，說得也是。那麼，Follow Me, Chevalier!（騎士呀，隨我來！）」
與綁起頭髮、像之前在地下倉庫時一樣進入戰鬥模式的貞德開了一段小玩笑。
接著便主動朝甲板進攻，看到——
穿著那套像泳裝一樣的衣服、戴著閃耀的黃金眼鏡蛇頭冠的佩特拉，就站在那裡等著我們。

受不了，她也真是個了不起的女傑呢。明明貞德、熱沃當之獸跟我都攻到眼前了，她卻一步也沒有退縮。

繫留繩被砍斷的大型帆船正朝著瀑布簾幕緩緩行進。船身微微搖動，讓腳下的地板感覺有些不穩。

「——遠山，她交給我來對付。」

貞德讓寒冰覆蓋杜蘭朵的劍身，往前踏出步伐。

女騎士之間的一對一單挑——這樣的氣氛瀰漫在甲板上，逃到U型潛艇避難的納粹女孩們紛紛開始對佩特拉發出聲援。

「知道了，其他人就交給我吧。」

颱風的莎拉就坐在從船尾甲板突出的桅杆上，俯瞰著我們……

我察覺到她釋放的殺氣，於是讓麗莎轉身朝向她。

貞德與佩特拉都是自尊心很高的女性。

我不希望那兩人之間的決鬥被不識相的西洋長弓干擾，而且我個人對莎拉也有『彈子戲法』被破解的遺恨。雖然我不擅長對付狙擊手，但這次就讓我來對付她吧。

「佩特拉，雖然在伊．U時代妳是前輩，但我可不會對妳客氣。畢竟這場決鬥是極東戰役中的一戰，妳總不會有異議吧？」

「——那當然。貞德，妾身其實從那時候就很討厭妳們這些鑽研派了。既然現在夏洛克已經不在，妾身就可以毫無顧慮地擊敗妳啦。不過，妾身也可以不殺掉妳，讓妳成為妾身的戰士。就算妳再弱，至少也能負責奴隸一人份的工作吧。」

——『銀冰魔女』對『砂礫魔女』——

雖然佩特拉周圍沒有砂，她還是可以將自己的王冠或首飾化為砂金之後變成彎刀。要對付銘劍杜蘭朵，純金製成的刀或許稍嫌脆弱了些。但即使有這樣的不利——以身為魔女的存在感來說，依然是佩特拉比較強烈。周圍看不到什麼金字塔型的設施，不過她應該是從什麼地方補充了足夠的魔力吧？

看到貞德有點被比自己強大的佩特拉釋放的氣勢鎮壓……

「貞德，妳已經不是伊・U那時候的貞德了。經過與我們，以及與卡羯的戰鬥，妳的等級一定有所提升。就讓佩特拉好好見識一下吧。我會在一旁看著妳的。」

我對她留下這句話後，扳起貝瑞塔的擊錘，讓麗莎跳向莎拉的方向。

身為羅賓・漢的後代、操縱風的魔女莎拉——

「碰！」一聲用看不見的盾牌彈開從帆桅撲向她的麗莎，躲過攻擊。

接著絲毫不把猛獸的運動能力放在眼裡，像在玩遊樂設施一樣「碰、碰！」地跳上帆桅橫桿或船桅上的瞭望臺，避開追擊。

宛如磁石的Ｓ極與Ｓ極般，讓莎拉遠離麗莎的排斥力……我看出其中的原理了。莎拉是操縱著風，讓自己與麗莎之間出現像空氣緩衝墊一樣的東西。畢竟她每跳一次，就會用手壓著那頂有羽毛裝飾的帽子防止它被吹走——而且她的格紋迷你裙也會大大敞開，真是再好不過的證據了。

麗莎的利爪與尖牙雖然老是撲空，但並不是追不上對手。莎拉是個弓箭手，只要不讓她拉開距離，盡量不給她拉弓的機會，我就能用比較不受風力影響的子彈——

——磅！當我開槍的時候，早已識破的莎拉已經射出弓箭。箭矢稍微經過導向後，將我的子彈——「啪！」一聲彈開了。

（『彈子戲法』……！）

之前被破解的這招，這次竟然反過來被對方用了。而且還是用弓箭。

即使對方是個女性，這件事還是讓我感到有點不爽——

於是我為了把莎拉逼到船首的方向，變得有點激動起來。

同時又對在下方揮劍對峙的貞德與佩特拉感到在意，而當我的注意力分散的時候……

轟隆隆隆——！

從艏樓內側忽然有個東西朝麗莎發射過來。

（——是砲擊嗎！）

雖然騎在麗莎背上的我沒有看清楚，不過麗莎似乎從下方被砲彈之類的東西擊中，衝擊力道隔著麗莎的身體傳到我身上。

麗莎「吼啊啊啊……！」地慘叫似地大吼一聲後——

——縮、縮小了。在半空中。

「……麗莎！」

我——趕緊抱住漸漸恢復成人類姿態的麗莎，用手腳釋放緩衝技．橘花，落到搖搖欲墜的艄樓上。

「啊……嗚……真、真是非常抱歉，主人……」

麗莎按著自己的腹部，說出久違的人話——金色的體毛像煙霧般消散，而身體前面……快、快要變成裸體啦。雖然後面的屁股上還留著毛絨絨的尾巴就是了。

柔順的金色長髮之間，也留著像一對狗耳似的尖耳朵。感覺就像理子喜歡的動畫或漫畫中會出現的獸耳娘一樣。

大概是因為在熱沃當之獸的狀態下受到攻擊的關係，她受的傷看起來並不算太嚴重。不過……

我還是用瓦礫堆中找到的布簾藏起麗莎的身體，同時察覺到了。

剛才那並不是砲擊。

如果是砲擊或許還比較好。

「這場歐洲戰役吉凶莫測，不知會有什麼牛鬼蛇神出沒……我本來是這麼想的。而現在既然佩特拉的眼鏡蛇已經出現，這次輪到鬼登場應該也不奇怪吧。」

我說著，轉頭看向背後——

對著把那支剛才擊倒熱沃當之獸、恐怕有一百公斤重的**狼牙棒**從地上撿起來的傢伙狠狠瞪了一眼。

也就是身上穿著色彩鮮豔、富有非洲風格的和服，身材魁梧而充滿肌肉的……鬼女。

——閻。

好巨大。雖然蘭豹老師跟車輛科的鹿取一美也比我高大，但閻的身高甚至比她們還要高。是個將近有兩公尺的大塊頭女人。

在視野的角落，身材嬌小的莎拉則是……鼓起格紋裙，降落在遠處的U型潛艇甲板上。

原來如此，我就覺得奇怪，為什麼莎拉從一開始就老是在撤退。其實她是在逃跑的同時，順便把我們誘導到閻埋伏的地方。我又被她擺了一道啦。

沙……沙沙……沙沙沙……

被水流推動的海盜船，前端已經漸漸進入瀑布簾幕中了。

「主、主人……！」

麗莎用布簾遮著自己的身體，豎起狗耳朵擔心著我。不過——

「閻，麗莎已經無法戰鬥了。身為她的主人，我不能讓她繼續戰鬥。所以能不能拜託妳放她一馬？或許不足以做為替代，但就由我來代替她跟妳打吧。」

我反而是顧慮著麗莎，對閻提出請求。

結果，明明是個女人，臉蛋卻很帥氣的閻「？」地歪了一下頭……

「遠山，汝在走路的時候，會刻意把眼前的蟲子都踩死嗎？」

用『對於已經變回少女的麗莎沒有興趣』的態度如此回應我。

雖然以結論來說，她似乎願意放過麗莎了。但是……

我實在不能接受她這樣的講法啊。竟然把我的麗莎比喻成蟲子。

光是麗莎被打倒的這件事，已經讓我有點進入王者爆發了。妳最好不要讓我太生氣喔？

嘩沙沙沙沙……！落在帆船上的瀑布漸漸逼近我們身邊。

「差不多要出海了。」

「似乎是那樣。」

「那麼，等出了那道瀑布之後，我們就來比試一番吧。畢竟俗話說**鬼到外**（註1），這樣對閻也比較好吧？」

「遠山武士從以前就時常會說些讓人聽不懂的話呀。」

閻用嚴肅的眼神凝視著我，將那根看起來很重的狼牙棒……像鐵管一樣輕輕扛到肩上。

「我想先問妳一件事……妳應該不是人類吧？」

「沒錯，如汝所見。」

「再原諒我一個失禮的問題，妳是女性吧？」

註1「福到內，鬼到外」是日本傳統節日「節分」時，一邊撒豆子一邊說的吉祥話。

「沒錯，不是半陰陽。」

雖然她的發言中有一部分我聽不太懂……但對於爆發模式來說，閻是否為女性是很重要的情報。我是不知道鬼跟人類之間有沒有辦法生小孩啦，不過既然不知道——就不能排除能夠生小孩的可能性了。

也就是說，我必須把閻視為女性……狠下心腸跟她戰鬥才行。

……沙沙沙沙沙沙……！

在艄樓瓦礫堆上分別站在右舷側與左舷側的我跟閻，同時開始被瀑布沖打。

接著，水的簾幕讓彼此都看不到對方——

等到從瀑布中出來時，我已經把貝瑞塔瞄準閻了。

「那麼，就讓我來驅鬼吧。」

我拋出媚眼的同時——磅！

面對我閃出火光的槍口，閻絲毫沒有感到畏怯——啪！

伴隨微弱的聲音，她竟然抓住我的子彈了。用沒有握狼牙棒的那隻手。

「唔，自種子島之後，汝等毫無進步啊。」

全身溼淋淋地抓著子彈觀察的閻……

剛才看起來是利用跟我的「徒手抓彈」不同的原理擋下子彈的。

我幾乎沒看到她用手掌減速的動作。

「……妳是怎麼擋下子彈的？」

瀏海滴著水滴的我，想說可以拿來當參考而姑且問了一下。結果……

「嗯？就『磅！』一聲過來，『啪！』一下握住呀。」

她卻一臉認真地說出完全沒辦法參考的回答。

嗯……難道閻是天然呆嗎？還是說，她的腦袋不太好？

不管怎麼說，看來槍是無用武之地了，我還是把它收起來吧。

「雖然人說世上無鬼（註2）……但那似乎是騙人的。在我的世界中，這已經是第三次出現鬼了。」

「哦？在何處？遇到什麼鬼？」

「既然他們原本是眷屬，我想閻應該也認識。我在橫濱跟弗拉德、在押上跟希爾達這些吸血鬼戰鬥過。吸血鬼也算鬼吧？」

「非也。簡直愚蠢可笑。」

閻的嘴巴微微凹成「ㄟ」字形……

「鬼比人聰穎，比野獸強韌，是君臨生物頂點之存在。那些傢伙不配使用『鬼』字，不過是吸血蝙蝠罷了。」

……說出這種話，讓希爾達聽到應該會大發雷霆吧？

然而，這樣的發言——

註2　日本俗語，指人間處處有溫情。

出自閻的口中，就很有說服力。

她很強。雖然沒有弗拉德那麼巨大，沒有希爾達那樣華麗，但給人的印象就是一團純粹而龐大的力量——凝聚在眼前的感覺。

畢竟她是我從未遇過的敵人，我很難分析她的戰力，不過我越是預測她的強度，就覺得她看起來越大。比實際的大小還要巨大。

而她的確也靠一招就擊敗了在天上跟我打得不相上下的麗莎。

要是我稍微有點閃失，應該就會被她打敗了。

即使在爆發模式下，額頭還是忍不住滲出冷汗的我，靠剛才瀑布淋在身上的水滴蒙混過去，同時……

「既然是鬼……閻應該就是哈比（Habi）的關係人囉？所以這場戰鬥，我可以當作是極東戰役代表戰士之間的戰鬥吧？」

為了爭取時間思考戰鬥手段，拋出一個話題。

結果閻並沒有回答我的問題，而是把手掌伸向我面前。

「區區人類，竟對霸美（Habi）大人直呼其名，萬萬不許。快道歉，並重說一次。」

「就算是女性的要求……正常來講也不會對敵人用敬稱啦。要是被誤會我有意叛變，我也很困擾。」

「……侮辱霸美大人，即是侮辱上天。因此，遠山，余將對汝——施以天罰！」

眼神一變，用開始發出紅光的眼睛瞪向我的閻……

大概是對我的發言非常不爽，而在生氣的樣子。

看來……時間到了。

雖然我還沒想到什麼很好的手段，不過也差不多該開打啦。

畢竟這位鬼小姐已經想出手了，而且我剛才也先開槍攻擊過她啊。

閻似乎就是我去年十月在空地島看過的那個鬼——哈比的部下……而她的忠誠度相當高。想要靠閒聊試探情報，也只能到此為止了。

「余要上了。來吧，遠山。」

閻……緩緩擺出架式。

但她擺出來的架式，是人類的格鬥技中完全不存在的東西。

狼牙棒就像劍道的「脇構」一樣朝著斜下方，可是只用一隻左手握著。

彷彿將武器藏在自己身體背後的那個姿勢，應該是為了使出「上砍」——也就是利用她超越人類想像的力氣，把我打到空中吧？當然，我的身體在被狼牙棒擊中的同時就會被破壞得四分五裂，在空中解體了。

而相對於朝下的狼牙棒，閻的右守則是像棕熊一樣往上舉高。那是打算用利爪撕碎我的動作，同樣也是在人類格鬥技中看不到的招式。

其他與人類不同的是，閻的動作還有加上「頭部的架式」與「臉部的架式」。

她瞪著我的同時，頭部稍微往下斜，將長在她額頭中央與左側的兩根犄角對準我。另外還像小孩子扮鬼臉一樣『噫——』地露出牙齒。

這些動作分別是以用犄角刺我、用利齒咬我為前提……毫無疑問地也都是**攻擊架式**。

——兼具人類智慧的大型肉食獸。

這就是「鬼」的真面目是嗎？

雖然只是我個人的見解啦。

「……知道了啦。雖然我自從被眷屬抓到之後就因為運動不足而有點變鈍了，不過剛剛在V－2上也已經做完熱身操啦。」

跟鬼相比，畢竟我還是個人類，因此我很普通地擺出左手開掌、右手握拳的架式。雙腳則是微蹲馬步，稍微把重心放在後面。

這是將老爸教過的遠山家體術、蘭豹教過的武偵格鬥技以及亞莉亞的巴流術融合在一起的金次流架式。

要說特徵的話，大概就是有點偏重反擊……也就是『後發制人』吧？

「……余之狼牙棒・金剛六角使出千人力道的第一擊——看招！」

就在手握狼牙棒的閻朝著只有一人力道的我踏出第一步的瞬間……

——磅——

假裝不用手槍的我——對閻射出『不可視子彈』。

我想說只要她沒看到我開槍的動作，應該也就沒辦法抓住子彈才對。可是……閻不愧是鬼，揮起狼牙棒「噹！」一聲，理所當然地就把子彈彈開了。

接著，從那把狼牙棒上——轟轟轟轟轟轟轟轟轟轟轟轟轟轟轟轟！

彷彿空間扭曲碎裂似的力道渦流朝我逼近而來。

那是我的招式「櫻花」的大型版，超音速的衝擊波……！

雖然狼牙棒的揮動速度沒有到達音速，但我還是看到了。

閻是在短短一瞬間內把狼牙棒像陀螺一樣順著軸心旋轉，讓棒子上滿滿像尖刺一樣的突起物全部達到超音速了。

就在麗莎因為聽到轟響而縮起脖子的同時……

「——嗚！」

我把雙手交叉在前方，護住自己的臉，但還是跟著瓦礫一起被撞飛了。於是趕緊踏在質量較大的瓦礫上，跳回艏樓上……

原來鬼也會中距離攻擊的招式啊。

而且還是從狼牙棒上射出像龍捲風一樣的衝擊波，效果上可說是妖刕那招「炸牙」的巨大版。

就在我抬起頭的瞬間……

「——！」

發現閻已經出現在我眼前——

從她的姿勢預測出揮棒軌跡的我，趕緊全身趴下。

六角柱型的狼牙棒「轟轟轟轟轟轟——！」地再度被揮動，產生出宛如渦流的衝擊波把斜杠帆連同船首斜桅一起衝斷了。

她這招衝擊波的殺傷區域是限定在前方的一定範圍之內。只要想像成火焰噴射器之類的東西，也不是沒辦法預先識破的招式。

閻緊接著往下揮棒，而我則是發揮雙手雙腳的力量往旁邊跳開。

揮空的狼牙棒當場擊碎艏樓的一個角落。排水量應該有三千噸的中國寶船激烈搖晃起來。

「……嗚……！」

我在不得已之下，只好用腳使出櫻花，跳到微微傾斜的前桅杆上——

便看到在甲板上戰鬥的貞德與佩特拉，也被閻的攻擊造成的轟響嚇到了。

雖然我很想對她們至少送上一個笑容，但我現在根本沒那個餘力。因為閻已經像旋風一樣追近到我眼前了。

（——好快……！）

我只能在桅杆上一蹬，逃到垂掛著帆布的帆桁上。

閻的能力——比弗拉德還要有力氣，比亞莉亞還要敏捷。沒想到竟然會有這樣的敵人存在呢。

就算我靠爆發模式，相撲也比不過大象，賽跑也追不上獵豹。因此，我必須使用智慧才行。

「——喝！」

閣大喝一聲，對我刺出狼牙棒．金剛六角——
而我則是輕輕一跳，「咚」一聲跳到那把長滿尖刺的六角柱上。這下妳就沒辦法利用旋轉棒子使出大型炸牙了吧？要是妳還敢用，我就用櫻花往反方向踢囉？
「呼哈哈！」
大聲嗤笑的閣，與露出笑臉的我互看一眼。
接著，閣「呼！」一聲用力揮起狼牙棒，於是我利用那股力道，跳到更高處的帆桁上了。
為了能夠停泊在宛如潛艇專用防空洞的港口中，這艘帆船有一部分的桅杆是改造成折倒式的。橡木製的柱子表面又釘滿鋼板，感覺相當沉重……
因此我只要把連接處折斷，讓閣連同桅杆一起掉到海中，她應該就會當場沉下去才對。
畢竟閣是害我溺斃的仇人之一，我也讓她嘗嘗溺水的滋味吧。
——就在我想著這樣的計畫，同時跳到最上面的一根帆桁時……
閣也輕輕旋轉身子，跳到帆桁另一側了。
這根帆桁幾乎位於桅杆的最高處，高度有四十公尺以上。
被宛如運河的短河推動的帆船，這時剛好來到大西洋上了。
旭日從雲層之間隱約透出陽光，陸風準備轉為海風，讓四周呈現短暫的風平浪靜。
站在十公尺長的帆桁一端，隔著我眺望陸地的閣——

「——人間五十年——」

……忽然，開始跳起舞來。

毫無前兆地。

握著狼牙棒，張開手掌代替扇子。

「與天相比，不過渺小一物，如夢似幻。一度得生者，豈有不滅——」

她那……優雅又美麗的樣子……

讓我一時忘了自己的作戰，看得入迷了。

這是——敦盛。

人生在世五十年的歲月，與上天相比只不過虛無縹緲如短短一日——是伴隨這樣意義的歌詞所跳的古老日本舞蹈。

閻竟然在決鬥途中跳起這樣的舞。

還真是……瀟灑風流的女人呢。

雖然她全身都是肌肉啦。

「……汝為何不盡全力，只顧不斷往上逃竄？若是反之往下——躲到這艘帆船之中，應當還有潛伏身影與余戰鬥的手段才對。」

跳完舞的閻，重新把狼牙棒扛到肩上，一臉認真地詢問我。

「因為那樣做對我來說有些體質上的問題啦。」

於是我在對她剛才的舞蹈拍手致意的同時，如此回答。

閻所說的作戰，我並不是沒有想到。只是……

我之所以沒有往下鑽，是因為我察覺到她的和服底下沒有穿貼身衣物的關係。而且她衣服的下襬又很短，要是我從下往上看，應該不是一件好事。

閻，能不能拜託妳下次至少穿一條虎皮內褲啊？

「而且我希望不要傷害到女性美麗的肌膚。過去我都會盡量做到這一點，這次我也會溫柔地擊敗妳。妳就放心吧。」

「還沒取到鬼的首級，別一臉已經取到的樣子。」

面對態度無奈地看著我的閻——

「我也要對妳提出相同的問題：妳為什麼沒有使出全力？」

這次換我反問她了。

結果閻露出『竟然被發現了』的表情，微微睜大眼睛……

「因霸美大人尚未給余正式的戰鬥許可。」

說著，伸直背脊，輕輕把手掌往前伸，做出制止我的動作。

「面對大和男子的年輕武士，余也一時衝動了——但到此為止，鎮定下來吧，遠山。余等的時機未到。」

我看到在她背後的遠方……雲層底下、緊貼海面的低空……

（……鳥？）

不，是白色的飛機，從北北東方向筆直飛來。

那機影——機身形狀看起來像艘小艇，是能夠在水面上起降的飛行艇。為了降落水面時不要讓水噴到引擎而設計的那對特徵性鷗翼——想必就是別稱『海鷗（chaika）』的俄國製飛艇 Be-12。

「嘩沙沙沙……！」，撥開海面降落的海鷗飛艇繼續旋轉著螺旋槳，轉為水上航行。雖然機翼下裝有看起來像火箭砲或深水炸彈的東西，但機身上卻沒有軍用機標誌……取而代之地，畫有紫水晶徽章。那徽章——我在布魯塞爾的自由石匠隱密會館中也看過類似的東西。

飛艇接近帆船側面後，從打開的艙門中射出附有繩索的掛鉤——接著有人影利用電動滑車滑向剛才被貞德冰凍的砲口蓋——

（凱撒……！）

在布魯塞爾與我分道揚鑣的自由石匠代表戰士，就這樣攻到船上了。

仔細一看，同樣穿著風衣的華生也來到了上層甲板。

在甲板上，耗盡力氣的貞德正用杜蘭朵支撐著身體，癱坐在地上。雙腳被凍住而無法動彈的佩特拉則是站在與她背對的地方……被華生用 SIG SAUER P226 的槍口瞄準，只好高舉雙手了。

自由石匠——想必是用雷達之類的東西捕捉到發射升空的V－2，於是立刻從阿姆斯特丹出擊到發射地點來了。

能夠馬上準備一艘飛艇的組織能力，實在教人佩服呢。

「極東戰役——遊戲的時間不久後便會結束。余的任務只是見證戰爭的結局……往後有機會再見面吧。」

閻說著，轉身背對我……

「不過，沒想到當今世上竟還有能夠徒手空拳與鬼戰鬥的猛者。汝應當感到自傲。」

接著又稍微把頭轉回來，露出連身為男人的我都忍不住會怦然心動的帥氣微笑。

話說，什麼徒手空拳……那是因為手槍對妳根本沒效啊。

「最後讓余問汝一個問題：遠山，汝究竟是何許人也？」

我雖然不想讓準備從桅杆上跳進海中的閻就這樣逃掉——

「只是在一間成績較差、個性較野蠻的學校就讀的普通高中生啦。」

——但我也只能把視線從她身上移開，放任她走了。

畢竟我已經明白要是她使出全力，我一定會被拆得四分五裂。而且還有一個人，大概是因為凱撒攻到船上而被逼得走投無路……打算要跳船啊。

站在最上層帆桁上的我，看到在遙遠下方的船體上——

有一名身穿白色法衣的女性，用手摸索打開砲口蓋，正準備跳進海中。

就是利用了梅雅、在眷屬和師團之間都保持關係的梵蒂岡驅魔司教——蘿蕾塔小姐。

她大概沒來得及逃出這艘帆船，只能一直躲藏身影到現在的吧？

要是眼睛看不見的她穿著那身花俏的衣服掉到海中——不，她應該就是那樣打算。

蘿蕾塔小姐在她豐滿的胸前劃了一個十字，默念一段聖經經文後……

「啪！」一聲展開法衣，跳向空中，卻被幾秒前就從上空跳下來的我在半空中接住了。

接著，我利用跳下來時勾住船身的腰帶繩索垂吊在空中……

「？？？」

對慌張地用看不見的眼睛東張西望的蘿蕾塔小姐輕輕吻了一下臉頰。

「呀……！」

面對被嚇得縮起全身的她……

「基督先生也有說過吧？『要愛你的敵人』。我可是很擅長愛人的呢。」

我在耳邊很溫柔、很溫柔地小聲呢喃……

然後對握著手槍從砲口探出上半身的凱撒說了一句「Hi, long time no see.（嗨，好久不見。）」並送上敷衍的笑容。這邊只要草草應付一下就夠了，反正他是個男的嘛。

後來陸陸續續降落在海面上的『海鷗』們……

畢竟原本就是蘇聯的反潛巡邏機，因此在河口也輕鬆抓到了伊碧麗塔準備搭乘逃亡的U型潛艇。

莎拉則是在不知不覺間消失了蹤影，卡羯連同V－2逃生艙一起被華生等人捕獲。『龍之港』的戰鬥最後是師團逆轉勝利了。

我來到U型潛艇上敲敲指揮艙的艙門，結果從艙內……

「你果然……是個『詛咒的男人』呀……！」

額頭浮現出ㄎ字形青筋的伊碧麗塔，舉著不知用哪位部下的貼身衣物做成的白旗，爬了出來。還不忘姑且盡到身為領導人的責任，把黨員們護在身後。

「錯了，我是『咼』。」

話雖如此，不過我覺得伊碧麗塔實際上真的是個了不起的女人。畢竟她是第一個把連夏洛克、GⅢ跟孫都殺不掉的我殺掉的人啊。

而在我們乘坐著自由石匠的飛艇前往阿姆斯特丹的途中，我隨便應付了一下因為布魯塞爾的事情跑來向我道歉的凱撒……然後在麗莎柔軟的大腿上睡得不省人事了。她現在身上穿的是從龍之港搜刮來的衣服。

就這樣，我們過了中午抵達阿姆斯特丹後，在被招待到自由石匠會所的路上——蘿蕾塔小姐也帶著從龍之港被解放的梅雅，跑來對我下跪磕頭。但我實在感到很害臊，於是隨口應付了一句：「別在意別在意，我想妳們組織內部應該也有難處吧。」

……畢竟事實上，這件事只能怪我太蠢受騙。

在武偵高中，根本不會有人關心受騙的學生。

輕易就被敵人陷害的武偵，只會被大家評價為缺乏注意力與警戒心、容易為自己或小隊帶來危險的高風險人才。

這樣一來，在學生之間的信用就會降低，要是被老師們知道甚至會被體罰。在所謂的實戰中，反而是能夠陷害敵人落入陷阱的傢伙會受到大家信賴、被大家稱讚。

在這點上……

看來我應該要更謹慎才對。

這就是歐洲遠征之旅讓我學到的教訓之一。

以後要更小心才行。畢竟我可是花了「被殺掉一次」這樣昂貴的學費啊。

自由石匠的會館就在我跟麗莎也來過的阿姆斯特丹中央車站——港灣正後方——車程十五分鐘左右的ＷＴＣ大廈最上層。

那是一棟設計上彷彿在宣揚荷蘭這個國家的高度建築技術、格子狀的窗戶玻璃呈現祖母綠色的美麗大廈。

從熟悉的 Albert Heijn 超市購買大量食材回來的麗莎大展廚藝，讓我們在會館的餐廳享用了一頓豐盛的荷蘭料理。

我們也讓投降的佩特拉、伊碧麗塔與卡羯享用餐點，結果這三個人都毫不客氣地大吃特吃，餐後點心的萊姆酒葡萄乾冰沙連我的份都被她們吃掉了。

「……方才接到梵蒂岡的聯絡，說我今後將會被派到西西里島的聖法蘭西斯科教堂就任。或許今天是我最後一次見到遠山先生了……」

用餐過後，蘿蕾塔小姐小聲對我如此報告……

「西西里島啊。我在『教父』中看過，是一座漂亮的島呢。」

但因為年長女性坐到身邊而慌張起來、爆發模式又已經徹底解除的我……只能回應她這樣一句無聊的道別話語了。

梵蒂岡大概是像蜥蜴斷尾一樣，打算把蘿蕾塔小姐流放到外島吧？同時討好師團與眷屬雙方，在極東戰役中做好保險對策——蘿蕾塔小姐完成了她的任務，最後的下場卻是被迫辭退。

唉呀，所謂的組織就是這樣殘酷的東西……像這樣被迫降職的事情在日本公司根本是見怪不怪。到頭來，只能怪她自己運氣不好了。

不過，這或許也是因為她虐待、利用幸運強化戰士・梅雅而得到的報應。畢竟根據貞德的說明，幸運與不幸總是會在某處取得平衡嘛。

師團從『龍之港』帶到阿姆斯特丹來的眷屬成員，只有投降的幹部級人物——也就是佩特拉、伊碧麗塔與卡羯三個人。

她們代表歐洲的眷屬，對師團提出停戰要求……

而自由石匠也接受了。

實質上，這就是極東戰役幾乎以師團獲勝收場之後，暫時進行的戰後交涉。

雖然目前還有逃亡中的眷屬成員，不過代表戰士級的人物也只剩下閻、霸美與莎拉而已。妖刕、魔劍這對搭檔是傭兵，應該沒義務在停戰之後繼續戰鬥才對。

唉呀，這些複雜的事情就交給身為大人的凱撒跟伊碧麗塔處理吧。

腦袋差勁、只會戰鬥的我，現在只想好好休息一下。

（士兵的工作到此結束，接下來是政治家的時間啦。）

我想著這樣的事情，來到WTC大廈頂端——二十七樓角落的露天陽臺上。

這個陽臺的視野相當好……因為緯度較高的關係，才過四點就已經呈現橘紅色的天空與大地都能盡收眼底。畢竟這個國家都沒有會遮住視野的高山啊。

就在我休息了片刻後——

「喂，遠山。」

感覺跟我一樣只懂戰鬥的卡羯，讓埃德加停在肩膀上，來到陽臺。

「……妳不出席停戰協議沒關係嗎？」

「我很不擅長討論那種複雜的事情啦。伊碧麗塔大人為了不要讓我隨便多嘴害我方不利，就叫我離席啦。雖然我本來是抱著『要槍斃還是怎樣隨便你們啦』的覺悟，不過現在看來我的命可以保下來了。」

卡羯說著，露出有點丟臉的表情……

「但相對地，魔女連隊似乎必須有條件將幾處軍事據點割讓給師團的樣子。」

彷彿很虧欠夥伴似地繼續這樣說道。

那個伊碧麗塔竟然讓步？為了卡羯？

看來沒血沒淚的納粹幹部，果然到頭來還是個人呢。

回想起來，卡羯在霞慕尼的親德旅館以及École的兵器庫時，感覺也很受到大家的歡迎跟疼愛。

也就是說在某種意義上，是卡羯自己的人望拯救了她的性命吧？

那還真是讓人羨慕的事情。像我就沒什麼人望啊。

就在這時，雪下得並不多的荷蘭天空……

忽然飄下細雪了。

「——Oh the weather outside is frightful——But the fire is so delightful ♪（噢，外面的天氣真是糟——但爐火旁卻是這麼宜人）」

抬頭仰望天空的卡羯，開始唱起 Vaughn Monroe 的『Let It Snow! Let It Snow! Let It Snow!』而且還是用對於納粹黨員來說應該是敵對語言的英文。

也就是說，這首歌是表示她投降的證明。代替『我輸了』這句清楚明白的話。

這樣有趣的敗北宣言，還真是適合這位個性活潑又可愛的好敵手——卡羯呢。

「It doesn't show signs of stopping（這場雪看來不會停）——♪」

「And I brought some corn for popping（我拿了一些玉米粒來爆米花）——♪」

因為電影『終極警探』的片尾也有放這首歌，所以我有用『猾經』暗記起來，而開口跟卡羯一起唱著。現在彼此的臉上，都掛著笑容。

卡羯，仔細想想，我跟妳發生過好多事情呢。在香港的油輪、從齊柏林伯爵ＮＴ號上墜落、在白朗峰上遇難、攜手合作抵達霞慕尼、在 École 的坦克戰，還有Ｖ－２。

這首歌詞描述在下雪天中惜別的歌曲——

對於只懂得戰鬥的我們來說，的確很適合在準備迎接停戰的此刻拿來唱啊。

「『Let it snow. Let it snow. Let it snow（讓雪下吧，讓雪下吧，讓雪下吧）——♪』」

最後我們以差了八度音階的歌聲合唱結束後……

卡羯抬頭看向我，露出無比可愛的笑容。

「話說，遠山接下來有什麼打算？」

「我差不多該回日本去了，畢竟還有學校的課程要上啊。」

「這樣呀……」

「妳又有什麼打算？」

我為了稍微參考一下代表戰士在戰後應該怎麼做，而反問了一下卡羯。結果……

「水是一種順勢流動的東西呀，遠山。」

她的回答聽起來就是『順其自然』的意思。

唉呀，雖然我也是一樣啦。

「哦哦，對了。這東西我本來打算在交涉的時候歸還的，你就拿去吧。」

卡羯說著……

從她那個似乎也可以拿來當小口袋的眼罩中拿出來遞給我的——

——是亞莉亞的殼金。

所謂的殼金，就是夏洛克在伊·U上射進亞莉亞體內的那顆『緋彈』的外殼。

是為了讓人格不要被緋緋色金取代、有點像超能力保護罩的東西。

這玩意原本有七枚，但其中有幾枚被眷屬奪走，害我們這邊目前只有四枚而已……不過，這下第五枚也拿回來了。佩特拉搶走的那枚應該也能拿回來，因此實際上只剩下一枚。

話說，卡羯的保管方式也未免太隨便了吧……！

我一想到當初萬一在白朗峰上搞丟，就全身雞皮疙瘩都豎起來啦。

「根據情況，以後有機會的話，我也可以跟你合作，好好利用你喔。畢竟日本是我們的舊同盟國家呀！」

說著這樣的話，把眼罩重新戴好的卡羯……眼神看起來似乎還沒放棄要讓我成為她使魔的計畫。不過，我如果在這邊果斷拒絕她，好像也很不識趣。

現在我還是閉上嘴巴，苦笑著享受這阿姆斯特丹的細雪與微風吧。

幾天後的下午，在阿姆斯特丹史基浦機場。

跟來到歐洲那天在巴黎機場看過的一樣、以塞尚所畫的『玩紙牌的人』為主題的Philips廣告看板前……

我坐在長椅上，等待著荷蘭航空（ＫＬＭ）861號・往成田機場的班機。

這裡雖然是歐洲最大的樞紐機場，不過我這次並沒有迷路，順利抵達登機門前了。畢竟我在羽田、成田、香港跟巴黎累積了豐富的經驗，對於機場已經漸漸熟悉。

或許現在就算只有我一個人，也能順利出入境也不一定。

我之所以會說『或許』……是因為這次回國的並不是只有我一個人。

雖然貞德與華生為了進行停戰協議，還要繼續留在阿姆斯特丹。不過——

「主人，請享用日清的合味道杯麵。日本的杯麵在荷蘭也是很受歡迎的輕食喔。」

將杯麵連同塑膠叉子一起提供到我面前的女僕小姐——麗莎。

她現在身上穿著水手女僕裝，笑咪咪地坐在我旁邊。

這個人，似乎要跟著我回到日本的樣子。

雖然我搞不太清楚，不過她好像是因為停戰條件什麼的，被塞到我這邊來了。根據凱撒的說法，像麗莎這樣便利的人手，在戰役協議的習慣上偶爾也會被當成戰利品。而且麗莎本人也熱切希望能夠留在我的身邊。

到這邊我都還可以無奈接受，但是師團的各位，你們根本就沒考慮必須讓她跟著回國的我是怎麼想的是嗎？我想我好歹也在勝利上有所貢獻才對吧？

不過……唉呀，反正我也隱約猜到她應該會跟來啦。而且又沒有趕走她的理由。

另外，她在這座宛如購物街的機場內到處幫我帶路也讓我學到很多東西，對於平常生活隨便的我來說，也是非常合適的輔助角色啦。可是……

……在日本，還有另一個跟她同樣類型的人物啊。

不用說，當然就是我的那位青梅竹馬——星伽白雪小姐了。

雖然我到現在還搞不清楚切換開關在哪裡，不過白雪是個偶爾會變得比閻還要恐怖的狂戰士、會舉起日本刀亂揮的淘氣大和撫子。

每次當她變成那樣時，受害的都是我周圍的女生（以及被連累的我）。而且根據白雪火山‧遠山觀測站的詳細資料驗證，她對於像麗莎這樣類型的人發飆時總是會引起國難等級的大噴發。

嗯。

這下死定啦。無論是麗莎，還是我。

完全沒有後路了。

然而，我是化不可能為可能的男人。沒有後路又怎麼樣？下將棋的時候，就算被對手將軍，我也可以把棋盤整個翻倒，當作什麼事都沒發生過啊。反正我對金女也已經做過這樣的事情了。

關於白雪的對策，我以後再慢慢想吧。遠山憲法第二條——『困難的問題以後再說』啦。

就算真的爆發了『第三次我的房間大戰』，麗莎或許也可以變成熱沃當之獸，自己想辦法解決。好，問題到最後都丟給別人解決，我就把這記在遠山憲法第三條吧。

「主人，登機時間快到了，請準備上飛機吧。」

我把杯麵的湯喝光後，麗莎遞了一條手帕給我擦嘴……

就這樣，我的歐洲遠征落幕了。

背對著塞尚『玩紙牌的人』中拿紙牌對戰的兩個人物站起身子的——原本隸屬師團的我，與原本隸屬眷屬的麗莎——

華生曾經拿紙牌遊戲比喻過這場極東戰役。據說在八十七年前的大正時代，師團與眷屬之間似乎也發生過類似的『戰役』。

（也就是說，八十六年後又會發生同樣的事情嗎？）

我最後留了一個苦笑在荷蘭，坐上天藍色的荷蘭航空班機。

再見啦，戰亂的歐洲。

雖然我有預感以後應該還會再來，不過到時候就拜託你再多手下留情點吧。

2彈　武偵戰友會

雖然眷屬的戰後賠償中包含了免費的回國機票……但並不是像當初亞莉亞要回倫敦時搭乘的那種一趟要價兩百萬元的超豪華頭等艙，而是狹窄的經濟艙機票。

不過畢竟還有爆發模式的後遺症，因此我在回國的飛機上一路睡得很熟。

而且我準備入睡的時候……

「……當遠處的地平線消失，深邃的黑夜讓心靈放鬆休息時……在遙遠的雲海上，無聲無息地流動的氣流……訴說宇宙無時不刻地活動著……」

坐在雙人座旁邊的麗莎彷彿是在說故事給小孩子聽一樣，溫柔地唸著不知道從哪裡背來的美麗日文詩句。還配合著心跳節奏輕輕拍著我的胸膛，讓我可以放鬆身心。

自從去年四月亞莉亞現身之後，我還是第一次帶著這樣輕鬆的心情入睡呢。

多虧有偏西風的關係，我們比前來歐洲時花了較少的時間——話雖如此，也花了十一個小時——

在下午茶時間從荷蘭出發的ＫＬ８６１號班機，朝著太陽升起的方向跨越時區線，隔天早上抵達了成田機場。這部分的時差換算對於平常腦袋很普通的我來說實在搞不懂，總之就把手錶調整成日本時間吧。

看到久違的日本風景而鬆了一口氣的我，從成田搭上京成 Skyliner 進入市中心……

而麗莎則是……瞪大她那對翠綠色的雙眼，透過車窗入迷地看著混雜的東京街景，還把雙手交握在隔著水手女僕裝也很明顯的豐滿胸部前。

我雖然與生俱來就缺乏社交性，還擁有跟女生話不投機的負面能力，但畢竟在電車中實在太無聊了，於是……

「……呃……有那麼稀奇嗎？高樓大廈在荷蘭應該也有吧？」

而聽到我丟出的話題後……

「可是主人，這裡有好多大樓呢……！而且都市竟然一路延伸到地平線，真是好大的一座城市呀。Mooi, mooi, heel mooi!（好棒，好棒，實在太棒了！）」

麗莎把閃亮亮的翠綠色眼睛轉向我，不斷大叫著『mooi』，連最高級的 mooi 都搬出來了。

「妳在伊・U時代沒來過東京嗎？」

「我們是有來過近海，可是因為當時麗莎要負責顧船，就沒有上岸了。」

原來如此。

不過確實，東京是一座世界最大規模的都市啊。以都市圈的主流定義上來說。

雖然對我而言並不怎麼稀奇，但或許對外國人來說這也是一種值得驚訝的要素。

隨後，當我們各自「喀啦喀啦」地拖著行李箱，在日暮里準備轉搭電車的時候……

JR山手線的月臺上滿滿的都是通勤族乘客。

「啊～剛好遇到尖峰時段啦。時差害我選錯時間了。」

「……………！」

看到這片情景的麗莎瞪大雙眼，用白皙的手拉住我的袖子，開始慌張起來。

「主人，請快點吧！大家都急急忙忙想要坐上電車呢。看他們匆忙的樣子，想必錯過這班車之後就要等到明天了！」

「不，這個時段只要等個兩分鐘左右，下一班車應該就會來了。」

「……？　？　？」

上班族們在你推我擠之中，像俄羅斯方塊一樣緊貼在一起坐上電車的樣子——讓麗莎變得更加混亂了。

後來，比時刻表稍晚一些的三分鐘後，下一班山手線電車進入月臺……

於是明明在尖峰時段卻拖著行李箱的我跟麗莎，一邊對周圍乘客們道歉，一邊坐上電車了。

『——今日因為車輛維修的關係，列車延遲到站，在此向各位乘客致上歉意。』

聽到這段車廂內廣播，麗莎又露出「？　？　？」的表情……

「並、並沒有晚到吧？電車來得快到驚人呀……」

「不，確實晚到了。晚一分鐘。」

「一、一分鐘……！」

我們說著這樣的對話，在新橋站下了車。從那個國營鐵路對時間很隨便的荷蘭來到日本的麗莎，看起來完全藏不住心中的驚訝。

就在準備轉搭百合鷗電車的途中，感到口渴的我來到貝爾超商……

「歡迎光臨！」

打工的店員大姊向我們鞠躬歡迎，結果……

「初次見面，我名叫麗莎・艾薇・杜・安克。」

麗莎也捏起長裙的裙襬露出微笑，對店員鞠躬回應。

店員大姊不禁苦笑了一下，另一名打工的大嬸則是嘻嘻笑了起來。

「喂、喂，通常不會有人對便利商店店員的打招呼做回應的啦。」

「咦、可是、她那麼有禮貌地對我們打招呼呀……！」

面對一看就知道是外國人的麗莎疑惑的態度……大嬸笑著告訴她：

「客人，妳不用在意啦。在日本有句話說『客人就是神明』呀。」

麗莎聽到這句話，像祈禱似地把雙手握在豐滿的胸前……

「Mooi……！怎麼會……怎麼會有如此重視服務精神的國家呀！對時間嚴謹、有禮貌，又到處看不到垃圾掉在地上的乾淨國家……！」

感動至極地讓雙眼綻放出閃耀的光芒了。

看來，對於來自歐洲的純種女僕小姐來說，賓至如歸、嚴守時間、重禮儀、愛整潔等等日本文化……似乎是非常美妙的東西。

麗莎開心得甚至讓雙眼皮的眼睛盈滿淚水……

「——主人，麗莎總算明白自己應該在哪裡生活、在哪裡終老了。就是這裡，主人的祖國——日本呀！」

出、出現啦！日本永久居留宣言……！而且是在新橋的貝爾超商！

便利超商店員們莫名其妙對我們拍起手來，害我紅著臉，趕緊推著麗莎的背逃出商店。

但畢竟是我家這位教育不周的女僕在店裡引起了這段小騷動，因此我帶著致歉的意思——買了一瓶 I LOHAS，然後用 Suica 卡快速地結帳。

「主、主人，買礦泉水要付錢才行呀。讓麗莎……」

結果麗莎趕緊拿出她那個繡有金狼圖案的錢包。

「我、我已經付了啦！電子錢包付錢這種事，拜託妳用看的也多少理解一下吧！」

「……Mooi……！原來這裡也是個科技強國呢……！」

話說，麗莎啊，雖然我之前在阿姆斯特丹看到的時候並沒有發現，不過妳那個錢包根本就是有關妳真實身分的線索嘛。太不謹慎了吧？

後來在百合鷗電車上，對日本的知識雖然豐富但很偏頗的麗莎問了我一句「主人，請問忍者在哪裡呢？」，於是我只好回答她「那種過時的東西已經不存在了啦……雖然我很想這麼說，但我的學妹中就有一個那樣的人物，下次介紹給妳認識吧。」並露出一臉無奈的表情。就這樣……

我們從台場搭乘原本預定要延伸到羽田機場的東京臨海單軌電車來到浮島北站，接著徒步移動……總算抵達東京武偵高中・第三男生宿舍了。

（……有一個可以回來的地方，真是一件幸福的事情。雖然如果沒有出外旅行，就不會明白這種事情了……）

我為了逃避現實而在腦中想著這樣有點帥氣的臺詞，但終究還是逃避失敗了！因為笑咪咪的麗莎就站在我旁邊啊！

我因為不想去思考這個問題而一直都沒有問過麗莎，但她就是一副『用不著說明也知道，女僕的住處就是主人的家』的態度，跟著我過來了。

這下怎麼辦？

在男生宿舍・我的房間中，現在應該有一隻隻分別都是百獸之王……總共四隻百獸之王的巴斯克維爾小隊女子們群聚在裡面才對。

我可不希望跟金女那時候一樣，又演變成木工包圍戰啊。

但是可憐的我，遇到這種危機的時候卻沒有人可以商量，因此在跟麗莎一起搭著電梯的同時……不得已之下只好跟我腦中的小金次（我在腦中創造出來的虛擬商量對象）召開作戰會議了。

等一下打開門看到粉紅色、黑色、黃色或水藍色其中一個顏色的瞬間，我就立刻以零迴轉跳躍進入室內，以這個超出預想的動作迴避子彈豪雨，接著快速在洗手間完成洗手漱口，然後高速飛奔到防彈櫃中，完美保護自己的性命——這就是我們最後討論出來的計畫了。

……額頭冒著冷汗的我，把手放到門把上……

要上啦。子彈足球大賽日本代表——遠山金次選手關鍵的踢球！

相對於心中的氣勢，我輕輕打開門鎖，偷偷摸摸地……把麗莎藏在背後，進入室內……結果……

「真是、奇蹟啊……」

我忍不住把心中的想法說出口了。

因為屋內竟然沒有任何人啊。

實在很害怕的我，緊接著立刻確認白雪的房間……或者應該說是白雪擅自占據的小房間……看到桌上有一張用毛筆寫的留言：

『小金大人，歐洲遠征辛苦您了。我因為星伽家傳喚的關係，暫時要回老家一趟。如果有任何問題，我會立刻回來。　白雪』

我太幸運啦。

像本田圭佑一樣露出得意表情轉頭看向麗莎的我，真希望有墨鏡之類的東西可以掩蓋一下因為鬆了一口氣而湧上眼眶的淚水呢。

話說回來……這張留言，感覺好像有點不平靜。

畢竟是青梅竹馬的關係，我以前也看過很多次白雪寫的留言——可是平常的她應該會再多寫一些何時會回來啦、冰箱裡有葛餅可以吃之類的情報才對。

雖然我沒有說別人老家壞話的意思，不過『星伽家』這個關鍵字也讓我感到有些危險。

（難道白雪遇到了什麼事情嗎……畢竟她的個性總是會把問題自己一個人扛起啊……）

話雖如此。

但至少第三次或第四次我的房間大戰沒有爆發是事實。

於是我為了享受今天這美妙的和平，走向客廳。

「呃，主人，恕我問一件事情……請問您的家人呢……？」

就在這時，跟在我後面的麗莎大概是想要跟我的家人打招呼，而如此問道。

「有一位或許妳也認識，就是加奈——她是我姊姊，或者應該說是哥哥。另外還有可以算是同父異母的白痴弟弟，以及非常黏哥哥的妹妹。雙親已經不在世上，不過祖父母都還健在。」

聽到我簡單的說明，麗莎馬上搖曳滑順的金髮，對我深深低下頭。

「真、真是抱歉，麗莎竟然問了您這樣複雜而難以回答的事情……」

「別在意啦。」

我說著，一屁股坐到沙發上，治癒長途旅行的疲憊——

「……？」

麗莎則是像隻小狗一樣，開始嗅起空間中的味道。

接著，她抬頭看向上面……

於是我也跟著仰望天花板，結果……嘰！砰磅！

通往天花板上的小門忽然被打開，幾個人影當場掉落到我身上啦！最下面是亞莉亞，上面壓著理子，再上面還有坐姿像個女孩子的蕾姬！

子、子彈足球大賽的競賽隊伍，竟然從出乎我預料的地方登場了！

金次國的和平也未免太短暫了吧……！

「唉呀～我們本來是躲起來想要給欽欽一個驚喜的，沒想到反而是我們被嚇到啦！稀有角色的麗莎竟然也好感度100％被你帶回來，很有一套嘛，這個色鬼！」

理子說著，用手肘戳著我的肚子。

「理子大人！真是好久不見！」

畢竟過去在伊．U是同窗的關係，麗莎態度親密地把理子扶起來了。

「嗯～竟然連情婦的位置都被填滿啦～理子這下有點焦急了呢～」

雖然嘴上說著這樣莫名其妙的話，不過理子大概是因為知道麗莎的特技非常方便，所以很歡迎麗莎的樣子。

而就在我對著進駐到沙發上的亞莉亞與蕾姬說著「嗨、嗨，我回來了……」並露出僵硬的笑容時……

「神崎．H．亞莉亞大人，蕾姬大人，初次見面，我名叫麗莎．艾薇．杜．安克。」

麗莎輕輕捏起自己的裙襬，優雅地對她們行了一個禮。

因為那動作實在非常有禮貌、非常端莊的關係——

「哦～金次，你這是雇用了女僕嗎？」

亞莉亞用拇指比向麗莎，似乎用她那對大眼睛看出麗莎是女僕小姐的事情了。

「……可以這麼說吧。」

我盤腿坐到地板上，如此回答後……

「我在天花板上已經聽理子說過了，這個人好像原本是伊．U、眷屬的成員是吧？但畢竟金次的特技就是可以把敵人變成夥伴，會這樣也不奇怪啦。」

把長長的雙馬尾用手背撥整齊的亞莉亞，讓收在大腿槍套中的雙槍『露底槍』，翹起腿抬頭看向麗莎。

太好了。看來亞莉亞大人也靠直覺知道麗莎是個方便的角色，因此態度還算友善的樣子。

「反正這個家因為理子的關係變得很亂，妳就想辦法整理乾淨吧。」

「是！我很樂意！」

被亞莉亞分配到工作的麗莎，開心地合掌，並很有精神地回應了。

唉呀～亞莉亞還是老樣子，很習慣對別人頤指氣使呢。使喚別人就像呼吸一樣自然。

對於要使喚別人時總是忍不住會客氣的我來說，這一點或許應該向她學習一下。

而麗莎本人也立刻看出我跟亞莉亞之間的地位關係，而對亞莉亞表現出服從的態度。她大概是判斷出討好亞莉亞可以保障我的安全吧？真是個察言觀色的技巧到達超能力等級的女人啊。

蕾姬雖然依舊只是面無表情地看著我們，不過她或許是很快就明白了麗莎並不是壞人……

「……歡迎回來，金次同學。」

於是留下這句話之後，便消失在她自己的房間（或者應該說是蕾姬擅自占據的小房間）中了。

畢竟蕾姬是個乍看之下好像很安全，但行動總是讓人無法預測的神奇女孩，因此感到有點不安的我跟在她後面一看……

發現蕾姬的房間中不知不覺間竟然擺了一個畫架，上面放有一塊巨大的畫板。

「……這是美術課的作業嗎？」

「是的。」

為了不要弄髒制服而披上圍裙的蕾姬，選修科目選的就是美術。

而她那幅像瑞士畫家吉格爾一樣用寫實的筆觸畫出鳥類與植物、感覺有點恐怖的畫作……

「妳……真的很會畫畫啊。」

這已經不只是『很會畫畫』的等級了，超厲害的。

那是一幅用濁綠色的單色系強調陰影、相當有魄力的壓克力畫。S級狙擊手高超的集中力描繪出來的細緻筆觸，對於身為門外漢的我來說，甚至完全無法想像她究竟是怎麼畫出來的。

「這根本已經超出高中生的等級了，一定可以在什麼地方賣到很高的價錢才對。妳實在太有才華啦。要不要乾脆讓我當銷售員，幫妳把它拿去賣吧。」

我模仿畫商，抱著想要從中抽錢的想法大肆稱讚。

結果拿著噴槍坐在畫板前的蕾姬就……

「……現在才畫到一半而已啦。」

用一如往常缺乏抑揚頓挫的語氣這樣說著——

可是卻偷偷瞄了我一眼。哦，有點臉紅呢。

接著又把視線放回畫板上，開始放出『金次同學可不可以快點走開呀』的氛圍。

雖然依舊面無表情啦。

這傢伙搞什麼，明明是蕾姬，竟然在害臊嗎？

好，既然這樣，我就偏偏要看著妳畫圖的樣子。我看我看。

「……」

呵呵，怎麼樣，蕾姬？是不是很害羞啊？不過我倒是很開心喔。因為可以看到蕾姬那樣像人類一樣的感情在成長呢。

就像之前去香港的飛機上一樣，被我不斷用視線捉弄的蕾姬……

「……」

……把徹底變紅的臉低下去，但還是「唰、唰」地開始畫起圖來。

正當我覺得那樣的小薄荷也有點可愛的時候……

「Mooi！太棒了！蕾姬大人是個天才呢。原來老天也是會給人兩項天賦的呀。」

來到蕾姬房間的麗莎，也加入了我捉弄蕾姬的行列了。

「真的是超級 mooi 的。喂，麗莎，妳覺得這幅畫能夠賣到多少錢？」

「雖然畫作的價格需要看時機，不過如果是讓我賣給職業的投機客，我應該可以賣到六萬歐元……八百萬日圓左右。」

擁有買賣才能的麗莎如此說的同時……發現躺在房間角落咬著塑膠骨頭的銀狼艾馬基，而「唉呀」了一聲。

「好可愛的野狼先生呢。請問是蕾姬大人養的嗎？」

看到麗莎對自己露出微笑的艾馬基「！」地抬起頭，接著當場趴下，甚至還露出自己的肚皮，擺出服從的姿勢。看來牠靠動物的本能察覺到麗莎的真面目——百獸之王的氣息了。

「是的。牠名叫艾馬基。麗莎小姐，請妳帶艾馬基去散步。」

握起畫筆的蕾姬，對於麗莎把大型高加索白銀狼形容成『很可愛』的事情一點都

不感到驚訝，還提出這樣的委託。看來她是不想要被我跟麗莎繼續捉弄的樣子。

「是！我很樂意！艾馬基先生，來，我們到外面繞一圈吧。」

艾馬基被麗莎一叫，便快步衝到她的腳邊，簡直就像被國王傳喚的士兵一樣。我還是第一次看到艾馬基會對弗拉德與蕾姬以外的人類表現得如此順從呢。

（了不起啊，麗莎……）

這傢伙真是太厲害了。

她來到包含真正的猛獸艾馬基在內、巴斯克維爾的猛獸們聚集的我家……居然很快就融入其中了。而且沒有經歷像金女那樣的戰鬥，反而用非常友好的方式。

對於崇尚和平主義的金次國而言，麗莎國可說是務必要保持同盟關係的居中協調國家啊。

我把帶艾馬基散步的工作交給麗莎，並且將行李從旅行箱中收回室內後……

這次真的打算要治癒旅途的疲憊，於是躺到雙層床上開始看起漫畫了。理子總是會把過期的漫畫雜誌堆在床下，而我現在必須把出國期間沒看到的部分都補回來才行啊。

就在我讀著 Young Gun Gun 時……

「——這照片是什麼？好漂亮的美女呢。」

「哇～這是誰！是什麼女演員嗎？」

「……真是漂亮。」

麗莎回到家後過了不久，走廊上就忽然傳來騷動的聲音。似乎連從小房間出來的蕾姬都做出反應了。

感到疑惑的我起身來到客廳，探頭看了一下走廊……好像是麗莎把什麼裝在畫框的海報掛到牆上的樣子。

「這位是在荷蘭相當受到歡迎的絕世美女，麗莎也是她的粉絲呢。」

麗莎笑咪咪地指著那張大照片，對亞莉亞她們說明著。

「……喂，別在我家掛什麼女人的照片啊。」

什麼美女照片，對我而言根本就是地獄畫作嘛。

於是，我為了把照片拆下來……而走近一……看……

……嗚……！

「喂、妳……！呃！這！為什麼、莉莎妳、這照片、從哪裡來的……！」

大吃一驚的我，就像昭和時代的漫畫一樣差點讓眼珠都跳出來了。

這、這個！不就是**克羅梅德爾小姐**的照片嗎！

「這是布爾坦赫的男人們在臉書上成立粉絲專頁然後上傳的照片喔。」

那張克羅梅德爾，或者應該說是我的照片，似乎是在咖啡廳被人偷拍的東西。那群荷蘭人，根本就是侵害肖像權啊！

「金次，你幹麼那麼慌張啦？」

嗚哇，亞莉亞的雷達已經捕捉到我了，直覺有夠靈敏的。

「你有見過這個人嗎？該不會這也是你的女人吧？」

「不不不！那是絕對、鐵定、在物理上不可能的啦！」

我用快到幾乎看不到的速度揮著手，極力否定。

「……Hum？」

亞莉亞環抱雙手，歪了一下小腦袋。順道一提，這個『哼？』的疑問句是當亞莉亞對心中的疑問想不出答案時會發出的聲音。

看來就算是福爾摩斯四世，也無法知道克羅梅德爾＝金次的樣子。

「麗莎，快把它收起來！我不會把什麼女人的照片掛在家裡啦！」

被我斥責的女僕小姐，依然保持著笑咪咪的表情……

「主人，請問您那樣的表現方式正確嗎？」

回了我一句暗示『這可以算是女人的照片嗎？』的質問。

「在歐洲，將美麗的人物或風景照片裝飾在家中，據說是一種可以為家裡帶來幸福的好習俗。統計學上也有資料顯示，在家中裝飾美麗的照片可以減少同居人之間的紛爭呢。」

總覺得……麗莎是不是在生氣啊？

難道她是對於亞莉亞這些傢伙賴在我家的事情有什麼不爽的嗎？感覺好像若無其事地抓住我把柄的樣子，這女僕怎麼對主人如此不敬啦。

好不容易把克羅梅德爾的照片收起來之後……

麗莎把家中打掃得乾乾淨淨，說著「我不是很擅長做日本料理」這種話，卻還是用冰箱裡的食材做了一頓很正常的晚餐。有鰤魚燉白蘿蔔、起司竹輪、溼地茸蒸飯、高野豆腐與扁豆佐雞蛋、蛤蠣味噌湯等等。而這些料理……

「不愧是女僕，做得真好吃呢。」

「麗莎，幫我添第二碗！」

「……」

似乎也很合亞莉亞、理子與蕾姬的胃口。

對於剛回國的我來說，能吃到像這樣有日本味的料理也很開心。

「其實妳不一定要限制做日本料理啦，日本人是什麼都吃的。雖然在調味上經常會改成日本風味……喂，理子，那是我的起司竹輪！」

就在我用雙手扳開理子的嘴巴，搶回她擅自吃掉的竹輪時——

「不過麗莎，妳明白這裡是什麼地方嗎？難道妳也要到武偵高中就讀？」

用小手端著碗吃飯的亞莉亞問了一個很根本的問題。

「是，在眷屬的賠償中，為了讓麗莎今後可以留在日本為主人效力——除了交通費之外，也提供了學費。關於轉學考試，也已經透過網路完成了。」

喂，我可是第一次聽說啊。

「主人，麗莎在學校也會好好侍奉您的。請放心，我一定可以同時兼顧學業與女僕的工作給您看。」

看來……

眷屬那群人看到『熱沃當之獸』的模樣後，覺得在戰後讓她繼續逗留在歐洲會很頭痛的樣子。

所以就在日本為她準備容身之處，把她塞給我了。

雖然停戰協議目前由留在歐洲的那些人繼續進行……但我真不應該把所有事情都丟給他們處理呢。

「欽欽不在的這段期間，偵探科的作業我都幫你存在這張記憶卡裡面囉！另外，理子的筆記本是付費服務，你願意付錢的話我就借你看喔♪」

對了……不只是漫畫的進度而已，學校的課業我也必須補回來才行啊。

「我付錢就是了，等一下借我看。金額妳就跟麗莎商量決定吧。」

聽到我這麼說，亞莉亞竊笑了一下。

「金次，你一回國就變得很有向學心嘛。」

「不要故意露出很驚訝的表情，太失禮了。我本來就打算要好好用功，以後成為一個正經的大人啊。總有一天，我會當上很普通、很一般的警衛或是保鑣給妳看的。」

「你還在說那種話喔，欽欽？昭昭也有說過，『金此的存在本身就不普通』喔？像你在S・D・A排行上也已經排到亞洲第七十一——」

「啊～～～啊～～～～」

我一聽到美國那個淨會找麻煩的排名公司（穆迪公司）做出來的非人哉排名，就立刻塞住耳朵、自己發出聲音斷絕外來情報，才總算沒聽到以前被排在八十九名的我現在被排到第幾名了。為了不要讀到唇語，甚至連眼睛都閉上……幾秒鐘後……

「……」

我微微張開眼睛，確認理子閉上嘴巴後……把塞住耳朵的小指移開……

「換句話說，在亞洲比你不像人類的武偵只剩下七十個人了啦。」

結果亞莉亞又提供了多餘的情報——是七十一名啊！害我都聽到了！話說，那排名到底要怎麼做才能往下降啦？畢竟那好像是非官方的資料，我也無從抗議啊……！

「欽欽的一般人，已經是『逸般人』了呢，嘻嘻嘻！」

理子用手指在空中寫著漢字，露出嗜虐的笑容。我要哭了喔？

……後來……

亞莉亞與蕾姬喝完飯後的咖啡，便一起回去了。

聽說她們是要在女生宿舍的ＶＩＰ房，也就是亞莉亞的房間打電話給師團成員，討論停戰協議的事情，另外還有一些工作的樣子。

那兩個人的感情還真好啊。雖然她們在第二學期組成小隊之前吵過架，不過從那之前她們就已經是好朋友了。

（而在那個巴斯克維爾小隊中，沒想到居然是我第一個先被踢出來呢……）

我想著這樣的事情，並且用電腦確認著理子交給我的偵探科作業檔案……

而理子本人則是拿著一臺ＮＤＳ……躺在我放著筆記型電腦的桌子對面的沙發上，還讓她滿是荷葉邊的裙子從危險的角度下可以看到裙底風光，實在有夠煩的。

「……話說回來，理子妳最近都在做什麼啊？」

我把視線從理子那雙穿有櫻桃裝飾襪的可愛小腿上移開，並稍微問了一下。

畢竟理子在攻略完希爾達之後，有稍微煩惱過自己的將來。

而在戰役停戰後，她很有可能會因為閒著沒事做，又跑去做壞事了。畢竟她原本就是個惡棍啊。

「理子呀，現在不太能表現得很囂張呢。因為欽欽對藍幫太冷漠的關係，現在那群人就把目標鎖定在理子身上，跑來邀請理子了。要是理子想做什麼事，他們又會來自我推薦，想要當理子的同伴啦！」

果然……

她已經跟中國的黑道——藍幫那群人有交流了。明明臉蛋那麼可愛，真是個壞女孩呢。

「藍幫嗎……畢竟你們原本關係就不錯嘛。妳有打算找誰當部下嗎？」

我稍微深入追問了一下——

「才不要呢～如果不是理子看上的人，理子才不想要啦。如果不是像欽欽、亞莉亞或蕾Ｑ等級的作弊角色，理子連見都不想見面的說。所以我現在正努力消化以前累積下來的遊戲跟動畫喔！」

結果理子露出她的招牌笑容，把口袋怪獸的遊戲畫面亮在我眼前。

……看來我是用不著擔心了。畢竟人家說，御宅族很懂得找事情消磨時間啊。

而且仔細一看，在我的筆記型電腦中……還擅自被安裝了香橙軟體？發行的『天神爛慢』啦『のーまる☆わーくす』之類，似乎是網路購買下載的十五禁遊戲。

情報怪盜小姐，為什麼妳會理所當然地知道別人的密碼啦？

於是我把電腦的登入密碼從『kinjikinji』改成『kinjikinjikinji』。就在這時……

「主人，理子大人，我泡新的咖啡來了。」

麗莎配合我跟理子的喜好，分別為我們泡了一杯較淡的美式咖啡跟一杯加了鮮奶油的濃郁咖啡。

理子接過咖啡後，不知道要求了麗莎什麼事情，於是我轉頭一看……

「麗莎麗莎，『嘿』一下給我看！」

「嘿！」

麗莎雙手握拳，稍微用力一下。

結果……咻！

自從麗莎這個到家之後就在頭上增設的女僕頭飾後面，竟然跳出了一對狗耳朵。

從裙子的臀部附近也有動了一下看來，似乎連尾巴都跑出來了。

話說，原來那些只要『嘿！』一下就會跑出來嗎！

包括錢包上的刺繡也好，關於熱沃當之獸真面目的提示也太多了吧……！

理子也沒理會從椅子上滑下來的我，「呀～！好可愛～！」地抱住麗莎，然後似乎又給麗莎灌輸了一堆莫名其妙的日本知識……

受不了，真的吵死了。我可是難得在用功的說。我看我乾脆戴上耳機，邊聽音樂邊念書好了。

等到吵人的理子回去之後，我看了一下時鐘，已經是晚上十點了。

到頭來，還是沒能專心念到書的我……

只好無奈地到浴室放熱水了。

而已經把狗耳朵收回去的麗莎，則是感到好奇地從後面看著我……

「呃，主人，您在浴缸裝那麼燙的水……請問是要煮什麼很大的魚嗎？」

「妳在說什麼啦？這是在準備泡澡。日本人都會泡澡的。而且設定是四十一度，是正常溫度啦。」

我用手確認了一下從水龍頭流出來的熱水，於是麗莎也把領巾「咻」一聲解開，走進浴室中戰戰兢兢地摸了一下熱水……

「請、請問您真的要泡進這裡面嗎？原來日本人是對熱度承受性很強的民族呢。」

她接著用左手解開上衣的釦子，說出這樣的話。

「這只是一種習慣啦。說真的，我已經受夠你們所謂的『西洋浴缸』啦。那種東西裝了熱水也很快就會冷掉，根本不能用嘛。」

「通常浴缸並不是拿來裝熱水——而是為了淋浴時不要讓水濺到外面來的東西。在歐美，說到洗澡就是淋浴呀。」

麗莎說著，露出笑臉解開頭飾……

「那真的只能說是文化上的差異……等等！妳為什麼要脫掉啦！」

到這時候才吐槽的我，變得全身僵硬了。

不知不覺間，麗莎已經脫掉上衣，用手抱著自己的胸前。雖然她遮住自己的胸部算是不幸中的大幸，可是肩膀上、內衣的肩帶——純白色的帶子都露出來啦！

「請問頭飾要戴著比較好嗎？真、真是不好意思！」

麗莎趕緊把縫有荷葉邊、像髮箍一樣的女僕頭飾戴回頭上，說出牛頭不對馬嘴的道歉。

「不・對・啦！我先洗澡！妳等一下再來！」

「？　？　？」

被我趕出浴室的麗莎，表情一臉疑惑。

而我則是「碰！」一聲關上浴室門，嘆著氣脫下衣服，開始享受久違的日本式洗澡時間。

雖然只是普通的浴缸，但原來可以正常地泡澡是讓人這麼幸福的事情啊。在歐洲，我連把身體浸到熱水裡都有問題。這下我總算明白能夠泡澡是多幸福的一件事了。

泡澡可以讓人體血管舒張，鬆弛全身僵硬的肌肉。對武偵而言也是值得鼓勵的行為。

而且泡在熱水裡能夠讓肉體因為浮力而感覺只有十分之一的體重，肌肉與關節也就能藉此得到休息的時間。無時無刻都在管理身體的大腦也能獲得放鬆。因此泡澡是能夠讓身心的疲勞同時回復的終極休息法之一啊。

「……主人，我來幫您刷背了。」

這項日本引以為傲的文化，應該要推廣到全世界才對。

……等等！喂！

因為太放鬆的關係，害我瞬間來不及反應啦！麗莎！在外面！隔著浴室霧玻璃門的對面……！

「雖然您叫我『等一下』，但很抱歉我來晚了。因為我去準備了新的香皂以及桃葉保溼液的關係——」

浴、浴室的、門、慢慢被打開啦！而且在一片朦朧之中，我看到麗莎的身上除了她剛才重新戴上的女僕頭飾之外，是全、全、全裸的……！雖然在浴室是理所當然的就是了！

現在的我可是因為泡澡的關係，血管舒張，**血流**變得很順暢啊！是爆發風險大量提升的狀態啊！

明明個性天真無邪，體態卻非常煽情的麗莎——為了不讓她進入浴室，我趕緊用接近櫻花衝刺的速度撲到門上。

然後從內側壓著門板……

「──我說的『等一下』是等我洗完之後的意思啦！自己的背我自己會洗！」

「可、可是理子大人剛才告訴我，日本的女性要在浴室這麼做……要用自己的身體幫主人洗澡的呀……！」

意外強硬地想要進來的麗莎，這是──

是理子剛才趁我戴著耳機，灌輸了麗莎錯誤的知識對吧！

那個笨蛋，給我走著瞧……！雖然我會忍耐到把筆記本抄完就是了啦！

明明是很久沒泡到的熱水澡……

但我在好不容易把麗莎趕跑後，又一直擔心她會再度入侵，而根本沒辦法放鬆啊。

臥室的兩張雙層床都被麗莎整理過，於是換上睡衣的我便鑽進了右邊的下鋪。因為其他床鋪經常被笨斯克維爾（淨是笨蛋的巴斯克維爾）們擅自使用，搞得都是女人臭，讓人完全無法睡覺。

「……」

然而，雖然夜已深……我卻因為時差而一點都不想睡。

歐洲↓日本的移動，原來會讓人晚上睡不著呢。

畢竟以我身體習慣的歐洲中部時間來說，現在還是黃昏嘛。

（跟那時候在貞德的公寓一直想睡覺的狀況完全相反了……）

可是，明天我必須要去學校。

身體的感覺上就像我必須超級早起一樣，所以現在要勉強讓自己睡覺才行。

而且就算睡不著，人類只要躺著什麼事都不做，也可以讓身體休息七成左右。我還是別亂找事情做，乖乖躺著吧。

……叩叩、嘰……

「主人，麗莎來請您寵愛了。」

……我想、乖乖、躺著啊……怎麼又來了……！

還有，那個「寵愛」是什麼？雖然白雪以前在救護科大樓也說過那個神祕用語就是了。

但我多少猜到那應該是金次NG詞彙，所以沒查過啦！

「……」

不過，麗莎啊，妳這個行動早就在我預料範圍內了。我就使出我的得意招式——詐睡。忠誠度高的女僕小姐只要判斷主人已經睡著，應該就不會特地叫醒才對。

而我這項作戰成功奏效。麗莎雖然進到臥室內……

但也只是幫我把被子蓋好而已，並沒有對我做什麼危險的動作。很好很好，就拜託妳在我翻身的時候離開房間吧。

正當我這樣想的時候，噹噹噹噹～我的手機忽然發出了杉良太郎『縫隙賊風』的旋律。

「……！」

詐睡中斷——這下我不得不跳起身子了！

因為這首曲子是我對電話簿中特別危險的人物設定的鈴聲，有點像警報一樣的東西。我看了一下來電對象——是蘭豹！

要是我沒接電話，之後不知道會被那暴力教師用大象殺手（M500）或斬馬刀怎麼教訓啊！

「是、是的！不好意思讓您久等了！我是遠山！」

我慌慌張張地接起電話，連麗莎都被我嚇了一跳。結果……

「啊？哦～我把你跟遠坂搞錯啦。抱歉抱歉。」

以上，通話結束。

蘭、豹……！偏偏挑在這時候打錯電話……！

什麼『抱歉抱歉』啦，這個大金剛女！

我遠山金次，從來沒有怨恨過一個人到這種地步啊……！

面對差點氣到把手機捏碎、詐睡的事情完全被抓包的我……

「主人，您果然睡不著呢。時差造成的睡眠障礙，第一天是最關鍵的。為了讓您比較好睡，就讓麗莎幫您全身按摩，放鬆身心吧。」

麗莎說著這種反而會讓我一口氣緊張起來的提議……

同時「嘰……」一聲把手撐到主人的床上啦……！

而且她身上穿的，是我之前在布爾坦赫也看過的那件隱約可以看到內衣，或者應該說根本完全透出來的白色薄紗睡衣。另外，她很有氣質地微微傾斜之後才放到床上的大腿上……出現啦，傳家寶刀・吊襪帶——！

「按、按摩什麼的，我不需要啦！2、3、5、7、11……！」

「主人，麗莎我……能夠來到主人的祖國，現在真的很幸福、很開心、很興奮呢。」

我發抖到讓手機掉落的手——

被麗莎白皙的手指輕輕握起。

然後，像棉花糖般柔軟、像楓糖一樣微微飄散甘甜香氣的胸、胸、胸部貼上來啦……！而且還是左胸、靠近前端的部分！呀——！

看到我像楳圖一雄的漫畫一樣露出驚恐的表情退到牆邊——

麗莎大概誤以為我是為她空出位子，而「嘰」地爬到床上了。

搞砸啦！這狀況不就跟理子攻進這裡的時候一樣嗎！你也稍微學習一下吧，金次！

「……按摩完之後，麗莎會慢慢花時間為您進行夜伽……這樣一來，想必主人就能不受時差影響，好好熟睡了。」

「確、確實在爆發模式結束後會變得想睡覺——不、不對啦！呃、我其實對那方面的事情、根本不知道該怎麼做才好啊！關於健康教育的教科書，我也從以前就沒在看……！」

「那麼，請恕麗莎失禮，就讓麗莎來教您吧。雖然是畫成插圖的東西，不過辦事的順序我都在書上讀過了……在荷蘭的深夜節目上，我也有看過影像……」

以女孩子坐姿坐在床上的麗莎，把她各處都很柔軟的上半身靠向我——

而且秀髮還散發出像洋菓子的甘甜香氣，彷彿是對無法抵抗味道的我補上最後一刀——

不行了。再這樣下去，就算演變成相撲我也會輸啊……！

序二段（註3）的我如此想著……

「再、再說，要是我變成爆發模式！在那段期間反而會睡不著啦——如果因為那樣變得睡眠不足，我會很困擾的！所以別讓我進入爆發模式！既然是女僕就給我乖乖聽從主人的話！」

用莫名其妙的理論硬撐在擂臺上。

結果，麗莎對我的『命令』有了一定程度的理解……

「我、我明白了……那麼今晚麗莎就以不讓主人變成ＨＳＳ為方針，去換成陪睡用的衣服。請您稍等一下。」

她暫時退出房間後……

註3　相撲選手的等級中，倒數第二的等級。

……換成一套長袖、長褲、印有小小金狼圖案的睡衣，再度登場。

「請、請問這套睡衣怎麼樣呢？」

或許是為了向我證明那套睡衣沒有可疑的地方，麗莎抱著自己的枕頭，小跑到床邊，可愛地原地轉了一圈。

「……唉、唉呀、至少比剛才那套……好多了啦……」

「那真是太好了，我總算放心了。」

她說著，一副理所當然地坐到我的床上……但我就勉強接受吧。

要是我現在把她趕走，她等一下也會有偷偷鑽進來的可能性。與其那樣，還不如讓她就穿著這套普通的睡衣躺到床上。與其丟著不管，不如放在視線範圍內監視。這就是管理危險物品的原則啊。

另外，個性謹慎的我，還測試了一下坐在我面前的麗莎是不是會乖乖聽主人的話。

「握手！」

「是！」

我對麗莎攤出手掌，於是她就把右手的第一、第二指節彎起來，模仿狗狗的手放到我手上。

「趴下！」

「汪！」

她接著散開柔順的金髮，對我擺出趴下的姿勢。

……好，應該沒問題了。

這麼說來，我記得以前好像也有對白雪做過一樣的事情呢。雖然當時還伴隨被鎖鏈綁起來的恐怖體驗，不過女僕模式下的麗莎是個沒有戰鬥能力的順從系女子，應該也不用擔心會像貞德那樣把我壓在身體下吧。

「好，那就睡啦。」

「是……主人。我會好好完成陪睡工作的……」

為什麼要在這時候發出陶醉的嬌聲啦？

我背對著麗莎躺下身子，而麗莎先把被子蓋到我身上後，也進到被窩裡了。

「……」

「……」

兩人沉默躺著，過了幾十秒……

我這才發現因為是普通睡衣就讓麗莎進到被窩是失算了。

總覺得、這樣反而……很有親近感、真實感啊。

雖然跟女僕小姐同床共寢的非現實感會引人遐想，但像這樣、穿睡衣的女生睡在旁邊的感覺……

該怎麼說？就像普通的男生與女生般，像真的一樣……或者應該說這本來就是真的……而且剛洗完澡的麗莎身上傳來溫暖的體溫……啊啊！不妙！感覺別的爆發血流開始加快起來啦。

——我看還是把她趕出去吧！

我這樣想著，轉身一看，卻發現麗莎她……呼……呼……睡著……了。

這麼說來，麗莎在飛機上都沒睡啊。對她的生理時鐘來說，這算是熬夜之後又醒了一整天的感覺吧？

看著因為在我身邊，睡臉感覺非常安心的麗莎——

我也不禁感到安心，苦笑了一下。這溫暖的氣氛，讓我的血流也消下去了。

……晚安，麗莎。另外，雖然在這種莫名其妙的學校講這種話很奇怪啦，但我還是要說……

歡迎來到日本。

九死一生的夜晚過去……

早上七點，果然還是超級想睡的我，穿上早起的麗莎幫我燙得服服貼貼的襯衫與外套，走出家門。

而一臉愉悅的麗莎也跟在我後面，於是我只好讓她側坐在腳踏車的後面——小心翼翼讓車輪不要捲到她的長裙，出發了。

這座人工島上幾乎全部都是武偵高中的私有道路，因此即使腳踏車雙載，也沒有刻意繞路躲警察的必要。

話說……麗莎，妳真的要穿著那套水手女僕裝上學嗎？而且頭上還戴著女僕頭飾。

不過，在武偵高中是可以穿改造制服的。而長裙甚至因為可以提升防禦力，老師們也很鼓勵學生穿著。但本校那群愚蠢白痴又沒腦的武偵女子們卻總是喜歡把原本已經很迷你的制服裙子改得更迷你，藉由減少防彈面積來誇示自己的戰鬥能力，實在是愚昧可嘆的習慣。我深切希望今後能以麗莎為起點，讓大家廢除這樣的惡習啊。

「妳的專門科目選什麼？」

「因為教務科也有推薦，所以麗莎想說就選救護科了。」

太好啦！不是偵探科。

教務科這次難得發揮功用呢。畢竟麗莎原本就有護士的素養。

（跟望月萌同一學科啊……）

我想起轉學到武偵高中的萌，表情忍不住變得有點黯淡。不過我透過武偵高中校內網路確認了一下，萌跟鏡高菊代都是跟我不同班的二年B班，算是不幸中的大幸。

然而，不幸中的不幸是麗莎跟我、亞莉亞和理子同樣是A班。

面對在第三學期這樣奇怪的時期轉學進來的新同學，全班學生陷入一片興奮之中——

「我叫麗莎・艾薇・杜・安克，今後將在這個二年A班以及救護科受到照顧。另外，高天原老師也有指派我擔任保健委員。雖然只剩下短暫的第三學期，還是請各位多多指教。」

麗莎用流利的日文自我介紹，並輕輕捏起裙襬，低頭鞠躬。

看到她那樣的動作，無論男生女生都「呀喝～～！超可愛的！」地大肆騷動起來。

「我要發問我要發問！麗莎同學的生日跟三圍是什麼？」

通信科的白痴——鷹根真奈完全無視於擔任司儀的高天原佑彩老師，擅自舉手問了一個性騷擾問題。而我家這位服務精神旺盛的女僕小姐則是……

「八月二日，90，58，83喔。」

笑咪咪地回答了……話說，為什麼女生要問三圍這種事啦？

不過，真是太好了。班上同學感覺相當歡迎麗莎的樣子，而麗莎也沒有像某人一樣在自我介紹的時候拔出 Government 亂開槍。

身為她的主人，只能祈禱乖寶寶的小麗莎以後不會被這裡的白痴女生們帶壞啦。

週末——處理完停戰協議的華生與貞德回國了。

華生這個精神旺盛的傢伙，一回來就說要向我報告結果，順便做復健。而且還是用加了炸彈叉子圖案（意思是如果敢拒絕就炸死你）的郵件。

這裡所謂的『復健』，是不習慣以女生的身分與男生接觸的轉裝生華生……與因為有爆發模式的關係而習慣對女生態度冷淡的我，以『男生女生正常相處』為目標，進行的一種角色扮演訓練。

簡單講，就是有點丟臉的扮家家酒啦……不過對華生來說似乎多少有些效果，讓她在跟我兩人獨處的時候可以表現得有女孩子的樣子了。但因為她那樣子很可愛，讓我的病情似乎反而更加惡化，所以我其實已經不想再繼續了說。

可是，如果她給我吃炸彈我也會很困擾，於是在週六早上，我只好到單軌列車的浮島北站與華生會合，問了她一句「這次又是要做什麼復健？」而她竟然跟我胡扯說「去泡溫泉」——

「開什麼玩笑！那已經完全超出復健訓練的內容了吧！根本就像是一對別有內幕的上班族跟ＯＬ啊！太違背道德！太誇張了！」

於是我滿臉通紅地大聲抗議，結果……

「你、你是在驚訝什麼啦，遠山？我們要去的是位於台場的一間溫泉主題樂園呀。你、你該不會是想像到什麼混浴或是過夜之類的吧？你才色呢！」

性情急躁的華生當場賞了我十記短鉤拳，然後把我硬生生拖進一間叫『大江戶溫泉物語』的超級澡堂設施了。

而那間內部裝潢很有時代劇風格的澡堂——

真的是舒適宜人呢。

首先，那裡的空間相當大，讓人在泡澡時可以舒展四肢。而且因為是男湯，完全不用擔心會有女人闖進來的危險。我在家的時候因為有麗莎在的關係，根本沒辦法安心入浴，不過原來如此，其實還有「上澡堂」這個手段啊。這地方離武偵高中又很近，我以後就多多活用吧。

正當我因此感到鬆懈大意的時候，一位大概是父親帶進來的幼女居然就全身光溜溜地在我眼前跑來跑去……看來這裡也不是絕對安全的地方呢。雖然我是沒有爆發啦，畢竟幼女的裸體我已經因為玉藻的關係看慣了。

——後來，在裝潢得像江戶時代平民街的美食街……

穿著源氏車花紋的浴衣、活像個江戶姑娘的華生，以及穿著輕便素色和服、活像個落魄浪人的我，一邊享用著輕食一邊交談著。

因為這地方規定客人要穿上租借的和服，所以也很方便像這樣進行變裝，隱藏自己的身分。

話說回來，坐在我對面的這位英國人——小華生同學……

穿起浴衣來還意外地很適合嘛。而且她的頭髮是深褐色的，穿和服感覺相當自然。

不過要說到適合，其實我也是一樣。現在的我甚至很有自信可以在時代劇中演個龍套角色呢，像賭徒之類的。唉呀，畢竟我是日本人，這也是理所當然的就是了。

（這麼說來，像玉藻那些長命百歲的傢伙們——好像都會叫我『遠山武士』什麼的。）

就在我想著這樣的事情，並抓起鮪魚海苔壽司的時候……

「之前在布魯塞爾，都是因為你，害我遇到麻煩啦。」

享用著松套餐豪華壽司的有錢人華生，劈頭就先對我抱怨了一句。

啊～她應該是在講我為了從自由石匠的會所逃出來，而洩漏『華生是女人』的那件事吧？我還是向她道個歉好了。

「抱歉。」

「雖然我後來好不容易把那件事說成是你的一派胡言，可是從那之後，凱撒就開始對我抱有『其實是女生』的嫌疑了。」

那不是什麼嫌疑，而是事實吧？

「……妳被他追求了嗎？」

好！這下就能把讓我頭痛的女生塞一個給別人啦……！

我抱著一絲期待回問華生，可是……

「不，凱撒反而變得有點在躲避我了。」

「……？」

聽到這樣教人費解的證言，雖然是我不擅長的領域——我還是環起手臂，試著思考那位帥哥殺手・凱撒的心理動向。

凱撒在以為華生是個美少年的時期，似乎對她很有興趣的樣子。

可是，當凱撒開始懷疑華生其實是個美少女之後，卻變得冷淡起來。

如果要冷靜並符合邏輯地思考這件事……

……呃……

算、算了，畢竟人各有志嘛。

「另外，關於極東戰役的停戰。」

面對全身開始有點發抖的我，華生總算切入正題了。

「你出現在歐洲的這件事相當有影響力。眷屬們甚至還抱怨說『跟殺了也不會死的傢伙戰鬥，絕對只有輸掉的份嘛。那太不公平了。』這樣。」

「……」

「就好像過去師團跟眷屬因為伊・U的出現而和解一樣，我想在你活著的時候，應該不會再陷入戰亂了。你的存在似乎被認知為是伊・U等級的樣子。因此，今後你最好要小心師團、眷屬雙方中『想要再戰派』的暗殺行動喔？」

「……」

什麼叫『你最好要小心喔』啦！為什麼身為區區一名高中生，卻必須要過著提防別人暗殺的生活啊！雖然是自己造的孽，但我的胃都痛起來啦。

而且說什麼我跟伊・U潛艦同等級，過分評價也該有個限度吧？唉呀，雖然讓那個伊・U解散的人確實是我啦，但那也是我被夏洛克玩弄在手掌心上的結果啊。

然而，為了這種事情煩惱似乎也沒什麼意義。於是——

「——妖刕跟魔劒後來怎麼樣了？」

趁著這個話題，我詢問了一下關於差點把我暗殺掉的妖刕靜刃，以及他的搭檔愛麗絲貝爾的下落。

我對那兩個傢伙還有仇未報。在完成報復之前，我個人很想繼續追捕那對搭檔啊。畢竟武偵是很重情義的。

「他們行蹤不明，即使是眷屬也無法掌握。」

「……了解。今後如果有得到什麼情報，就告訴我吧。即使是枝微末節的小事也好。」

後來……

根據華生的轉述，似乎不只是師團跟眷屬之間進行了談判，歐洲師團的內部也進行了一場霸權談判——而因為跟眷屬私通的關係，梵蒂岡的立場好像變得相當弱。換句話說，最後在歐洲是自由石匠獨勝的局面。雖然變成這樣也讓人有點在意啦，但……

「不管怎麼說，停戰了總是一件好事。」

聽到我這句像個小學生一樣的感想——華生輕輕搖了一下頭。

「不，有一部分的事態反而變得更複雜了。」

「……複雜？」

「隸屬於眷屬的霸美那群人，似乎跟眷屬分道揚鑣了。而颱風的莎拉則是聯絡不上。雙方都在停戰協議時音訊全無呀。」

「是逃掉了嗎？」

「如果只是逃掉就好了。但這是三天前拍到的一張不幸的照片。」

華生從袖袋中拿出手機，把畫面亮給我看。

那張在成田機場入境大廳拍到的照片上……

「……嗚……！」

讓我一時說不出話的，是那個閻——抱著去年我在空地島上看過的鬼少女「霸美」的畫面。周圍還有幾個人，似乎跟閻她們共同行動的樣子。

因為大家都用洋裝或帽子進行變裝，讓我無法判斷究竟哪些人才是閻的同夥……

「眷屬並不是無條件投降，而是針對停戰提出了一些條件。雖然師團努力交涉過，但最後還是不得不接受了其中幾項。當中有一項就是要玉藻解除東京的『驅鬼結界』，而玉藻一履行了那項條件——就發生這件事了。」

華生說著，收起手機。

「……這樣根本沒結束嘛。而且情報一定有在流通啊——在眷屬跟那群鬼之間。」

「嗯，不過你最好理解這是相當自然的事情。現實世界中的鬥爭並不會像漫畫或遊戲中那樣爽快結束，根據狀況，在**之後**甚至會發生更危險的事情。」

彷彿在督促我的警戒心似的，華生用她的大眼睛注視著我。

「你知道在第二次世界大戰之後爆發的印尼獨立戰爭嗎？日本戰敗之後，為了讓印尼再度殖民化而發動軍事侵略的荷蘭與英國——跟支持印尼獨立的舊日本軍殘黨持續進行了一場戰爭，最後也確實讓印尼獨立了。而納粹殘黨成為巴勒斯坦游擊部隊與以色列發動戰爭，也是在大戰之後的事情。雙方都不是什麼普通的民兵或恐怖分子——而是經過嚴格訓練，並且在戰爭中存活下來的強勁士兵與狡猾分子……因此與那些人對戰的一方當時都相當頭大呀。」

雖然華生因為是在我面前，所以語氣講得稍微有點偏袒日本。不過——

我還是明白她想說的意思了。

極東戰役的停戰，終究只是經過交涉的結果。但火種依然存在。

而經過伊．U的事件也已經讓我有過經驗了：滅火不完全的狀況將會有再度引燃的可能性。

確實……至今為止在一定的規則下清楚對立的狀況或許還比較好處理啊。但現在那群傢伙根本讓人無法預測會在什麼時候做出什麼事情，甚至連他們是不是敵人都搞不清楚。這樣的風險，正不斷在蔓延之中。

傳達完事情之後，個性上都會聽聽我意見的華生——

「關於霸美他們的行動，你怎麼看？」

這次也開口詢問我了。於是……

「……如果他們在停戰之後還要以眷屬的身分採取與師團敵對的行動，那就是違反規則了。萬一真的碰到面——而且他們做出敵對行動或違法行為，那就要跟他們戰鬥到底。就只是這樣。」

我帶著有點敵視那群鬼的態度，如此回答。

畢竟……

霸美還沒交還亞莉亞殼金的最後一枚。

雖然現在大部分都已經搶回來，所以我想亞莉亞應該沒問題了。但是被偷走的東西還是要好好催收才行。秉持著武偵憲章第八條『任務必須徹底完成』的精神。

偷走東西的傢伙自己跑來日本，甚至可以說是飛蛾撲火啊。

（要說是飛蛾，也有點強過頭就是了啦……）

吞下最後一口鮪魚海苔壽司（鐵火卷）的我，在心中默默呢喃。

看來——

我現在依然還處在像燒紅鐵塊一樣危險的鬼們蠢蠢欲動的危險賭場（鐵火場）中呢。

隔天週日……

我的預定是參加一場相當久違的安全活動。

——『武偵戰友會』。

那是一種將過去曾經合作解決過事件的武偵們集合起來、有點像小型同學會的東西。

在很久之前，我跟一年級時合作過幾次的武藤、不知火與平賀同學，就已經決定要辦一場這樣的活動了。

教務科也相當鼓勵學生舉辦這種能夠維繫、強化武偵之間交流關係的活動，因此只要正式申請，學校就會提供預算。而平賀同學就幫我們提出申請，似乎拿到了足夠我們吃吃喝喝的經費。雖然她一定有從中抽佣啦。

理子當時也在偵探科協助過我們收集情報，因此本來也有參加權，但她這次好像要去參加什麼WF展，所以不克前來的樣子。

就在我來到活動會場，也就是同樣位於第三男生宿舍的三〇一號房——不知火的房間時……裡面傳來了武藤『哇哈哈哈！』的笑聲。

「遠山，歡迎你。」

對於遲到的我一句話也沒責備，甚至用笑臉迎接我的不知火——依舊是這麼帥氣又善解人意，真的是個好男人啊。

另外還有一個幾乎占據了整個玄關、像跳箱一樣大的箱子……似乎是平賀同學帶來的。

「嘿，金次，你遲到啦。」

「武偵要嚴格遵守時間的啦！」

我一進到整齊清潔的客廳中，坐到桌子旁，塊頭依舊是這麼大的武藤與因為個子嬌小而在椅子上多墊了一層椅墊的平賀同學就馬上對我吐槽了。

等到大家都到齊之後，明明是個男的，但女子力卻很高的不知火便端出了他親手做的料理。

接著，我們秉持女士優先的精神，首先讓平賀同學夾菜……

「不知火的自由選修課程選了家政科的啦。文文之前去偷看的時候，看到他被課堂上的女生們尖叫包圍的啦！」

平賀同學雙手握著湯匙、像小女生一樣在胸前掛著圍巾，開口調侃不知火，讓不

知火只好苦笑回應。

真受不了，這個人竟然連料理都會做……到底是要把受歡迎的要素全數裝備到什麼程度啦？而且那樣的他，居然完全都沒有八卦謠言，真是個不可思議的男人。

用餐過後……戰友會就分成武藤＆平賀同學競爭搶奪不知火親手做的胡蘿蔔蛋糕，以及我＆不知火端著咖啡聊天了。

可以不需要顧慮平常負責的案件、輕鬆交流的朋友，真的很讓人放鬆。

畢竟我雖然有很多同伴，但可以稱作是朋友的就只有這三個人而已。

尤其像不知火跟武藤這種不需要擔心會聊到性感女星話題的人，實在是很貴重的朋友。

然而……

「不知火，你大學有什麼打算？要去武偵大學嗎？」

「誰知道？我並沒想過那麼久以後的事情。」

「……你國中就讀的是一般學校吧？當時的你是個怎麼樣的學生？」

「誰知道？那麼久以前的事情，我早忘記了。」

嗯……這傢伙依舊是個私生活充滿謎團的男人呢。

即使我稍微詢問試探，他也只會用笑臉含糊過去。

不過……

我知道一件事。那就是不知火的笑臉其實分成兩種。

雖然女生們不管看到哪一種都只會尖叫啦，但不知火現在露出的笑臉……是以前這傢伙開槍射擊武裝銀行強盜時的表情。

那是發生在一年級第一學期時，可說是我們第一次上陣的事件。當時雖然有三年級的領隊跟著我們，但負責強行衝進都銀分行派出所制伏強盜的——就只有我跟不知火而已。

連爆發模式都沒有進入的我，那時候表現得非常嚴肅——

但不知火卻像是拜訪朋友家一樣輕鬆進入現場，一看到武裝有全自動霰彈槍的主嫌便立刻開槍射擊左右雙腳，讓對方當場被制伏了。而且他臉上還保持著若無其事的笑容。

我還記得當時我用手槍威嚇共犯、把他們綁起來的同時，內心對不知火感受到的那種毛骨悚然的感覺。

換言之，不知火就是武偵高中俗稱的『經驗者』，從入學前就開過槍的男人。

對不知火來說，或許從高一的時候，他就已經覺得對人開槍跟把紙屑丟進垃圾桶一樣，沒什麼大不了的吧？

然而他並不是從附屬中學升上來的，也沒有體驗實習的經驗，更不是像菊代那樣出生於黑道家族……謎團真是越來越深了。

不過，我還是不要對別人的過去探究太多比較好。雖然剛才已經有點逾越界線了，但這種行為即使對於武偵，都不是什麼好事啊。之前在加尼葉宮跟貞德鬧得不愉快的事情，我也有反省了。

而且雖然沒有感受到殺氣，但看到不知火這樣的笑臉──

對我來說還是有點可怕呢。這個讓人摸不清底細的男人。

「話說回來，真是抱歉啦。一年級時的約定……被我打破了。」

於是我稍微轉換話題，對不知火說出我從以前就感到很愧疚的事情。

一年級時，還在強襲科的我……

因為入學測驗打倒過教官，後來又經常被人目擊爆發模式下的模樣，所以大家似乎在稱讚我的同時，也對我感到很畏懼的樣子。

而那樣的印象，後來因為我經常跟不知火組隊的關係而緩和下來了。

因此，一方面也是考慮到將來的事情，我們當時約定好『升上二年級之後要組成小隊』的，可是──

「跟你組成小隊的事情，總覺得在一年級後期好像就變得不了了之了。我一直都沒機會對你好好道歉……一直都很愧疚。真的是對不起。」

「那也是沒辦法的事情啦。畢竟遠山當時因為哥哥的事情很消沉啊。」

「哦哦，我想你或許聽理子說過了……我大哥其實還活著。」

「我知道。真是太好了。不過，對我來說可能有點太晚就是了。因為搭檔候補已經被神崎同學搶走啦。」

「雖然我在亞莉亞出現之前，也是有想過要跟你組成小隊啦。而且現在的我竟然因為教務科的命令，跑去當貞德那個小隊的監察人員。到處遊走不定，連我自己都感到丟臉呢。」

聽到我慚愧地如此說道……

「沒關係，我會想辦法讓你補償我的。畢竟要是讓遠山這樣卓越的人才跑掉，我也會搞不清楚自己是為了什麼進到武偵高中的啊。」

「？」

「那麼，就當作是償還打破約定欠下的人情……我希望你可以讓我延期另一個人情。去年暑假那場足球比賽的報酬──當時說你願意在第二學期接受我任何一項委託。關於那件事，我可以無限延期嗎？」

不知火雖然態度輕鬆地提出這件事……

但看來這約定我或許就可以不了了之了，只要不知火本人忘記。

「好，就無限延期吧。」

「謝謝。」

不知火對我露出微笑，但這……也是比較不好的笑法呢。

（……我是不是踩到地雷啦？）

正當我疑惑地歪著頭的時候，喀啦！

武藤忽然從沙發後面勾住我的脖子，害我的脖子差點扭斷了。好重！好大！煩死人了！

「搞什麼啦，武藤……！」

「喂，金次，白雪同學是跑到哪裡去了？最近都沒看到她啊。」

「為什麼這種事要問我？」

「這就是金次之所以是金次的回答啦。你們不是青梅竹馬嗎？小心我撞你喔。」

「……她回老家的神社去了。大概是有什麼祭典要處理吧。」

「是這樣啊？我還擔心她是不是生病了哩。」

武藤手上拿著吃剩的蛋糕，露出似乎想到什麼事情的表情——

「這麼說來，白雪同學好像有戰妹了。是個氛圍跟她有點像的一年級生。」

「我有見過，是叫佐佐木的傢伙對吧？她跟亞莉亞的戰妹感情很好。」

「你最好小心點。那個佐佐木的老爸，是個武裝檢察官啊。」

「哦……你還是老樣子，對女生的情報很精通嘛。這件事我倒是不知道。」

「你可別隨便對她出手喔？」

「誰要出手啦。我雖然被大家叫成是什麼『花花公子』，但我其實——」

「我不是那個意思，是指強襲科的意義上。畢竟間宮對於身為亞莉亞搭檔的你很嫉妒，所以跟間宮是同盟關係的佐佐木也有可能會對你做出什麼行動吧？」

……這……確實有可能。

像間宮明里就有跟金女結成了某種莫名其妙的同盟，而且這時期的一年級生也應該已經把實力提升到某種程度了。既然是武偵檢察官的女兒，有可能從小就接受過戰鬥技術的訓練。像我家就是這樣。

……真是頭痛啊。不管在校內還是校外，我的敵人都自然增生得太多了吧？

「遠山的父親也曾經是武偵檢察官的啦！」

就在這時，平賀同學忽然撲上來，把武藤的胡蘿蔔蛋糕搶走，並說出這樣的話。

「遠山也去當武偵檢察官就好的啦！很帥氣的啦！」

然後妳打算將來推銷我一堆有的沒的武裝對吧？

「……怎麼可能當得上啦？我光是要當上普通的武偵就有點難度了說。」

我對著把蛋糕像栗鼠一樣塞在臉頰中咀嚼的平賀同學嘀咕著。

如果要成為武裝檢察官——

原則上，必須要有很高的學歷。以日本來說，就是東大、京大，或者至少也要考上早慶的法學院。外國的話，就是要在美國律師協會認定的高等法律大學或同等的法學教育機關以優秀的成績畢業才行。

接著還要接受司法考試或國家公務員考試，合格當上檢察官——然後從成為檢察官的菁英分子中招募主要的志願者。

接下來的實習考試，通稱『武檢選拔』更是難關中的難關。

知識和體力當然不用說，還要檢驗精神力、判斷力、領導力以及最重要的——戰鬥力——透過宛如惡夢般的第一次、第二次、第三次測驗，測試一個人的綜合能力。

在這測驗中，大部分的志願者一次全滅也不是什麼稀奇的事情（據說一次的不合格率高達百分之九十六），最終合格的人數一年中搞不好連一個人都沒有。雖然狀況比較好的年度聽說有幾個人會同時合格啦。

而且，這樣還沒結束。

最後還要接受檢察廳近乎殘酷的最終審查。

雖然內容並沒有公開，不過受試者的思想、信仰、家庭背景甚至連長相都會被列入審查要素。過去的經歷中連小學時代的事情都要被嚴格調查，健康檢查中只要有一顆蛀牙就會不合格。

通過以上這些測驗之後——才總算可以被內閣總理大臣任命，得到天皇陛下的認證。

這就是武裝檢察官。

唉呀，我是能明白不做到這種程度的話，國家也不可能公開認同即使殺了人也不會被問罪的超法規公務員啦……而事實上，武裝檢察官甚至被稱作是比超能力者還要稀少的人才。不管怎麼想，都不是我這種人能夠當上的職業。

不過，我老爸——雖然當時並沒有這麼嚴格，但還是通過了這些測驗。

那的確是相當厲害的事情，我到現在依然很尊敬他。

然而……武裝檢察官當中，有百分之二十七的人無法做到退休。

這並不是單純的離職率，而幾乎都是殉職率。老爸也是殉職的其中一人。

這是因為武裝檢察官這種職業必須面對一般警察或民間武偵，甚至連自衛隊都沒辦法解決的國難。

可是，武裝檢察官卻又賺不到什麼大錢，畢竟那是公務員啊。雖然之後如果跳槽去當武裝律師，似乎就可以發大財的樣子啦。

「不，金次，即使你確實運動能力起起伏伏，成績又差，表情又陰沉，在學弟妹之間的評價也不好，但『可能性』這一點卻永遠與你同在啊！」

武藤，你到底是在罵我還是在鼓勵我啦……雖然我想你應該沒有惡意。

不過武藤說得也對。就算不是抱著『武裝檢察官』這麼偉大的目標，但為了增加成為『普通武偵』的可能性，我也必須要再加把勁才行啊。像平常的課業也是。

就在我下定這樣的決心，並抬起頭的時候——

武藤大概是因為追追跑跑而感到熱了，於是解開他外套的釦子。結果我看到底下露出印有『I　Like　演歌』的紅色T恤，當場噴笑出來。

「武藤，你那是什麼啦？」

「很帥氣吧？我最近變得很注重打扮呢。畢竟就快到情人——」

——武藤「啊！」一聲，趕緊閉上嘴巴——

我跟平賀同學瞬間全身僵住，保持著笑臉的不知火額頭上也冒出冷汗。

「……嗚……抱歉，我不小心說溜嘴了……！」

武藤冒出大量冷汗，開始確認起 Chang Wu 老師之類的人物有沒有躲在天花板或窗外……

看、看來……應該是沒有被人聽到的樣子。

「——小心點啊，武藤。『那個』光是說出口就很危險的。」

對武藤提出警告的我，也是壓低著聲量。

光是說出名稱就會被教務科狠狠修理的恐怖節日……

那就是情人節了。

一切事情的開端是那個金剛女蘭豹以前送巧克力給她當時喜歡的書店店員——讓那店員因為太過恐懼而辭職，最後不知躲到哪裡去了。

結果蘭豹出氣的對象不只是針對強襲科的學生們，甚至還針對情人節這個節日本身。於是後來，在武偵高中就禁止一切相關的事物了。而且理由竟是『高熱量的巧克力對身體管理有害』之類，聽起來就是隨便亂編的。另外，白色情人節同樣也遭到禁止——萬一違反規定被抓到，就要等著接受體罰。

留學生或轉學生經常因為不知道這項規定的關係，隨便說出口之後被蘭豹當場揍扁的悲劇，在二月期間經常會發生。

戰友會因此沉默了好一段時間後……

「話、話說回來——平賀妳不是那個嗎？確定要交換留學了對吧？」

自己闖的禍自己收，武藤趕緊把話題帶回將來的事情。

「沒、沒錯的啦！下學期開始，文文就要到華盛頓武偵高中的裝備科的啦！」

於是，平賀同學也用這件好消息修正現場的氣氛。

「工廠的大家幫文文舉辦了一場送行會的啦～到了華盛頓之後，文文還會以研究開發人員的身分到洛斯阿拉莫斯的啦。」

平賀同學亮出手機照片。上面是工廠的大哥哥們哭著拋起平賀同學的身體，背景還有一條寫著『小文加油！』的橫幅布簾。不過話說……

洛斯阿拉莫斯……ＮＧ詞彙跑出來了呢。

之前金女有說過，那地方是集結全世界的天才，開發各式各樣兵器的科學魔窟。原來如此，平賀同學跟那裡建立關係了啊？其實也不意外啦。

「文文的商品以後也會從美國通運販售，所以大家放心！的啦！」

在亞莉亞級的平坦胸部上「咚！」地拍了一下的平賀同學……還真是會做生意。

「說到外國，的啦。遠山，你是不是從義大利那邊得到獎學金的啦？」

為什麼妳會知道……

我還來不及這樣回問，這位小小武器商的眼睛就冒出€符號，從裙子中抽出了一疊資料。呃～武偵高中的各位女生，拜託妳們不要把東西收在那種地方啦。

「在文文去留學之前，打算要把裝備清倉拍賣的啦！就利用獎學金買下一套！你覺得怎麼樣？的啦？」

她用天真爛漫的笑臉遞給我的那些還有一點溫度的紙，是像喜代村壽司店一樣在商品名稱跟照片旁邊可以填寫購買數量的訂貨單。

通常價格上都被畫上橫槓，改成大約七～八折的拍賣價。

當中也有一張上面列的是我專用的道具，確實賣得很便宜呢。

好，我就趁這機會補貨吧。畢竟我的庫存在極東戰役中也消耗了不少。

「……這個『大蛇改』是什麼？大蛇應該是手套式的防具吧……」

「就是延伸到前臂的手甲型大蛇的啦。它改善了鈷合金與鈦的比率，讓耐用度也提升的啦！為了確保隱密性，手腕以下的裝甲還可以收納在前臂鎧甲中的啦。」

哦哦，這樣一來的話……原本必須抑制在亞音速的櫻花，或許也可以提升到超音速了。

既然是手甲，也可以直接用手臂當作盾牌。我就買下來吧。

「那這個『氣囊彈』是……」

「就是字面上的意思，可以在著彈地點展開氣囊的子彈的啦。形狀是像包子樣的扁球形，長徑一公尺，短徑零點八公尺。超高強度矽膠樹脂雖然厚度只有七μm，不過如果只有一瞬間，可以承受到三十八點五t的衝擊力道的啦。」

好強。這樣只要在衝撞之前射向對方的車子，雙方都能平安無事呢。買了。

「這個『單眼鈕釦』——通稱偷拍鈕釦也很推薦的啦。外型雖然跟男生制服的第二鈕釦沒有差別，但是卻內藏數位攝影機功能！而且利用單向玻璃的原理，看不出孔洞，又內藏電源，還可以透過衛星無線將影像檔案不斷上傳到網路雲端設備，性能超優秀的啦。因為遠山跟武藤喜歡偷窺女生，一定會很有用的啦！」

雖然因為有前科讓我無從辯駁，我依然大叫了一句「那是誤會！」……

但我還是把它買下來吧。或許會有什麼機會派上用場也說不定。

「不過，平賀妳也是女生吧？讓那麼方便的道具流通到市面上，妳不會在意嗎～？」

武藤似乎為了不正經的目的，也想要購買的樣子……

「反正文文沒什麼料可以給人偷窺，一定不會被盯上的啦。」

對武藤比了一個「ＹＡ」的平賀同學，妳根本就誤會男生這種生物了。這世上一定也會有男生喜歡像平賀同學這種體型才對。

然而，要是因此讓這商品中止販售我也很困擾，還是閉嘴別說好了。

另外，像鞋底藏有勾爪的『附鉤鞋』啦，發射之後可以從槍口到著彈點拉出一條化學纖維的『纖維彈』等等，各式各樣的新點子商品——我都因為「或許會用到」的想法陸續決定購買了。而就在平賀同學推薦我一種叫『攜帶用萬能棒』、感覺像瑞士刀的棒子，並打算讓我試握在手中的時候，我忽然回過神來——

「啊～我現在有個財產管理人，等一下我再請她幫忙訂貨吧。」

說著，我就將訂貨單折好收起來了。

畢竟我天生就很不會買東西，還是連同殺價工作一起交給麗莎負責比較好。

「……放在玄關的那個箱子也是商品嗎？那是什麼？讓我們看看嘛。」

因為愉快的戰友會而情緒變得比較高漲的我，接著對平賀同學提起這件事。

「那是──『ＹＨＳ／０２』！是亞莉亞同學訂購的滯空裙甲改良品的啦。雖然上升性能有大幅提升，不過飛翔時間還是個課題的啦。」

小躍步跑到玄關的平賀同學打開那個外觀有點像科幻動畫的箱子，亮出亞莉亞專用飛翔裝備的改良品給我們看。

哦哦，新的滯空裙甲，微微帶點弧度的翼片看起來好帥啊。形狀上感覺也比較洗鍊了。雖然顏色還是跟之前故障的東西一樣，是亮粉紅色啦。

「亞莉亞同學有約好要在這裡取貨的啦。」

就在平賀同學這麼說的時候，叮咚。說亞莉亞，亞莉亞就到了。

我代替不知火開門之後，走進玄關的亞莉亞……

「哦，原來金次也在呀？哈囉～平賀同學。不過……妳在男生宿舍玩到這麼晚，要是被抓到，可是會被舍監開槍喔？」

完全不會想想自己的狀況，就說出這種話了。

接著就像小孩子一樣蹲在玄關，用紅紫色的大眼睛開始觀察ＹＨＳ。

「原來妳剛好開箱了呀。哦……嗯……感覺不錯嘛。」

態度彷彿是買高級車交車的時候似的，確認完固定背帶的亞莉亞──

「嗯，我喜歡。金次，把它裝回箱子去。」

站起身子笑了一下，然後對身為奴隸的我如此命令。

對她把眼角尖銳的眼睛瞇起來的模樣很沒抵抗力的我，心臟當場用力跳了一下，還變得臉紅了。該死！這點小事是在緊張什麼啦，金次。是因為在歐洲都沒見到亞莉亞，所以亞莉亞養分不足了嗎？等等，我在想什麼啦？

「我、我才不要。現在的我正在休息中，用妳的講法來說就是正在參加派對啊。我可沒有受妳指使的道理。」

畢竟是在朋友面前，因此我對亞莉亞表現出不服從的態度……

「No～不要偷懶，快給我工作！」

可是這位貴族大人依舊對我頤指氣使，於是我打算用滯空裙甲把她射到屋外，而尋找起開關……

「遠山，你又跟女朋友吵架了？」

就在這時，一臉笑容的不知火現身了。

「你、你這……！什麼女朋友！你別……」

我雖然想接著說「你別胡扯」，但是——因為剛才對亞莉亞可愛模樣動心的事情還讓我有點在意，害我說不下去了。

而且不知道為什麼，我竟然還好奇亞莉亞聽到不知火剛才那句話究竟會有什麼反應，而忍不住偷瞄了她一眼。

很不巧地，亞莉亞剛好也在這時偷瞄了我一眼，讓兩人四目相交，臉變得越來越紅。這氣氛是怎麼回事啦？

「金、金次，快點！快點把那、個——……？」

大概是被人叫成奴隸的女朋友實在大受打擊的關係，亞莉亞當場表演起她拿手的空中虛擬拋沙包，也就是當她錯亂的時候會慌慌張張練習揮拳的拋沙包版。好、好快！模擬沙包，今天同時拋了三、四顆呢。

「把那個——……？」

忽然，發出奇怪娃娃音的亞莉亞……停下雙手。

接著把手「啪！」一聲壓在因為缺乏起伏、只能靠水手服的方向判斷是胸還是背的胸部上。

「咦、咦……？」

朝我的方向倒下來的亞莉亞……額頭上冒出奇怪的汗水。

「——妳怎麼了？」

首先察覺到異常的我，探頭看向亞莉亞的臉。

「沒……沒事，我經常會、這樣。只是像發作一樣的東西……嗯！奇怪……？」

亞莉亞的視線變得游移不定。

不妙。

雖然亞莉亞本人也對自己突如其來的不適感到驚訝，不過這——難道是心律不整還是什麼嗎？

「——亞莉亞！」

我抱著她的身體，大聲呼喚——可是她卻沒有反應。她已經昏過去了，而且是張著眼睛。

「……神崎同學！這是怎麼回事？脈搏呢——」

「沒問題，我量了一下，並沒有微弱或加速的狀況。只是、她的意識……亞莉亞！妳有聽到嗎！」

「神崎同學！」

即使我跟不知火大聲叫著亞莉亞的名字，她還是無法清醒。

就算扭動她的手指給予痛覺，她也沒有甩開我的動作。

雖然類似的發作狀況，之前在藍幫城也有發生過。但她當時的清醒程度並沒有下降到這麼嚴重。

不過從她胸口有感到疼痛的反應看來，出血性腦梗塞或蜘蛛膜內出血的可能也很低。

妳究竟是怎麼了啊，亞莉亞——

「——武藤！急救！快來幫忙搬亞莉亞同學的身體！平賀同學，快聯絡救護科——！」

不知火對其他人發出指示的時候，我只能不斷呼喚著亞莉亞。

——亞莉亞！亞莉亞！亞莉亞——

原因不明的意識障礙，雖然在亞莉亞從救護科被轉送到武偵醫院之後就恢復正常了……但因為有接受精密檢查的必要，亞莉亞在深夜被轉送到東大醫科研究所的附屬醫院。

——就這樣住院了。

3彈　忍者雖有閒暇時

亞莉亞住進的那間位於港區白金臺的醫科研醫院——是一棟八層樓高的大醫院。

四周包圍著鬱蔥茂密的樹林，給人一種封閉的印象。

而前往那裡探病的我……冷淡地被告知「謝絕會客」，當場吃了個閉門羹。

於是我裝作是在一樓的便利商店買東西，並偷偷確認電梯與樓梯的位置——

（病房位於七樓，想去也不是不能去啦……）

但我之所以沒有偷溜上去，是因為從樓上感覺到了某種**可疑的氣息**。

我在來探望之前有聽說過，那位對亞莉亞格外尊敬的一年級戰妹——間宮明里似乎在我之前就先趕到醫科研醫院了。可是……

當她在櫃檯吃了閉門羹而氣得打算擅自溜進病房時，被身穿西裝的大姊姊們當場逮到而被趕出來了。據說當中還有白人。

而間宮在被趕出來的時候，曾從其中一個人身上拔下徽章，上面刻有將『外』字變形成環狀的圖案，也就是外務省的標章。

——外務省展開動作了。

大概是因為ＶＩＰ的亞莉亞大小姐身體發生不適，所以被強迫安靜休養的樣子。而間宮看到的白人女性，恐怕就是英國的駐日武官。既然駐日英國大使館也有出面，區區一個武偵根本休想會面了。我從醫院樓上感受到的氣息，確實也不像什麼普通的文官。

這下──事情不簡單呢。

我必須要暫時撤退，再想辦法**潛入**其中了。

既然如此，現在還是不要讓對方記住我的臉比較好。

如此判斷的我，毫無成果地回到武偵高中……

接著對感覺在這種事情上應該能幫上忙的理子聯絡了一聲「妳也幫忙想想辦法吧。不過，要保密。」並且另外又準備了一個手段。

放學後，當我在學生餐廳的陽臺上吹著寒風、喝著咖啡等待的時候──

北風「沙！」一地颳起落葉，而在飛舞的葉片之中……

「──風魔陽菜，奉命前來是也。」

我的戰妹不知不覺間就單腳跪在我的面前，垂下綁著馬尾的頭。

我是想說這位據說是忍者後裔的諜報科學妹或許可以給我一些潛入醫院時的建議啦……

「此次得以再度為師父效勞，在下不勝欣喜，願全心全意──」

「招呼就免了，快把頭抬起來。還有，快站起來。」

即使從上往下看的角度看不到內部，但我還是讓穿著短裙的風魔從單腳跪地的姿勢站起身子了。

雖然風魔有用像領巾一樣的東西遮住半張臉……但她其實五官端整，將來很有可能變成一個美女。為了不要發生像少女漫畫中「咦……這傢伙意外地很可愛嘛……」之類的事情，我還是趁她還天真無邪的現在就保持警戒比較好。

「──在下祕密偵查的結果，醫科研醫院，尤其神崎殿下所在的七樓可謂戒備森嚴。隨時都有日英兩國武裝人員四名進行警衛。」

腳跟靠攏、站直身子的風魔，首先對我如此報告。

「四名、嗎？這樣應該很難找到全部人同時露出破綻的時機啊。」

看來守備相當森嚴的樣子。這下我該怎麼入侵才好？

「這次的事情感覺很不尋常。亞莉亞明明已經恢復意識了，卻無法聯絡到人。外務省的動作也快得異常，而且現在給人的印象簡直就像是軟禁了。要是不能快點與本人聯絡上，並把她帶出來……」

……總覺得亞莉亞就會直接被帶走了。

英國的倫敦武偵局本來就很想要得到亞莉亞追捕犯罪者的實力──另外恐怕也很想要她那足以讓全世界惡棍聞之喪膽的『福爾摩斯』名號。即使還要考慮到神崎香苗小姐的審判，但英國應該還是覺得讓貴重人才只為了一個案件一直留在外國是對國家的損失吧？

「是的。然而請恕在下多言，凡事嚴禁焦急。若是讓敵人提高警戒心，恐怕就會增加戒備人員，甚至會把神崎殿下移送到銅牆鐵壁之中。」

「這麼說也沒錯，但是那又該怎麼辦？」

「忍者雖有閒暇時，守衛卻無鬆懈日。相對於潛入的一方可以自己選擇時機行動，守衛的一方卻是無時無刻都要保持警戒。無論任何時代，會首先疲憊而產生破綻的總是守衛的一方。因此——在下建議可以先潛伏在醫院中，等待師父您所說的好機會。」

「潛伏作戰……嗎？話雖如此，但我如果一直賴在醫院中，更會讓人起疑吧？還是說，你要我扮成醫生之類的？」

「非也。恕在下失禮，但師父您的舉止過於隨便，沒有醫生的風格。」

這傢伙還真的很失禮說。

「那妳要我扮成什麼？」

我交抱手臂如此一問，風魔便露出凜然的表情——回答我：

「——便利商店的店員是也！」

……啥……？

確實，醫科研醫院的一樓建築物內有一間在東京很常見的『小九超商』，顧客群都是患者或探病親友，幾乎可以說是院內專用的便利商店。

而根據風魔的調查，那裡最近剛好有一名男性店員辭職，而正在招募工讀生的樣子。

將便利商店選為潛伏地點，雖然很像到處打工的風魔會提的建議。不過……

我聽完詳細內容後，也覺得這意外是個很好的點子了。畢竟因為個人情報保護法的關係，工讀生的履歷表之類的資料不會外流，也就是說我的真實身分不會被醫院方面發現。

因此——我決定聽從風魔的建議，到那間便利商店一邊打工，一邊等待機會與住院之後就被斷絕往來的亞莉亞再次取得聯繫。

話說，風魔也提醒過了……

我一旦遇到跟亞莉亞有關的事情，似乎就有變焦急的傾向。

雖然因為她是我的搭檔，我會這樣也是理所當然的，但急躁容易造成失誤。

在這一點上，我也必須努力保持平常心才行。

不過，潛伏行動本身應該很輕鬆才對。

這次的狀況並不像我過去進行潛入搜查時那樣，要扮演什麼明星高中的學生、IT社長或執事。做的事情只不過是到便利商店打工，是普通的高中生也能做的簡單工作。

——於是，我用風魔幫我準備的黑框眼鏡進行了最低限度的變裝……總覺得好像一口氣就變得像個沒用的男生了。原來我這個人不適合戴眼鏡啊。

幾天後，我單身前往醫科研醫院的『小九超商』……

上次來的時候我就在想了，這家店感覺有點亂呢。商品陳列得很隨便，店裡也沒有打掃得很乾淨。明明店員人數應該很足夠才對的說。

我表明自己是來應徵之後，就被帶到店後方，坐在一張摺疊椅上……

（原來結帳臺的後面是這樣啊？有一部分似乎也兼做倉庫的樣子。）

我雖然對第一次看到的便利商店員工室感到很有興趣——

但看著我履歷表的店長則是好像對我沒什麼興趣的樣子。

這位臉型修長、態度輕浮、比我想像中還要年輕的小和田店長……

「搞屁，是男的啊……」

明明是在醫院內卻抽著菸，小聲嘀咕著。表情看起來超級無趣的樣子。

可是當打工的女大學生亮出手機遊戲畫面說著「店長～人家抽不到龍族啦～」的時候，他就會「哦哦，妳等一下。」地露出超溫柔的笑臉回應對方。

「東京武……高？沒聽過～唉呀，反正是高中生對吧？」

「是、是的。」

太好啦。我因為不知道對方會調查身分到什麼程度，所以就老實填寫了。不過店長好像不在意的樣子。

話說，他剛才……該不會是連武偵的偵都不會唸吧？

「你之前有在什麼地方打工過？有便利商店的經驗嗎？」

「我有做過警衛跟調查工作……不過沒有在便利商店工作的經驗。」

「哦……唉呀，至少有體力，也好啦……反正最近ＯＦＣ也囉嗦得要死。」

後來，根本不顧慮我聽不聽得懂，就用便利商店業內用語講話的小和田店長——詢問了我一週可以來幾天、排班要排在哪一段時間之類的問題。

而打算潛伏醫院的我回答每天深夜班都可以來之後，這一點似乎就博得了店長的好印象。

「那你明天就開始照這排班表過來。絕對要在上班前十分鐘過來完成交接喔？另外，實習期間的工讀費要打七五折。」

店長捻熄香菸，順利讓我被雇用了。

因為勞基法修改之後，讓高中生也可以深夜打工，對我而言真是太幸運啦。

將借來的打工制服套在武偵高中防彈制服上的我，從隔天開始就在『小九超商』開始工作了——

首先是由工讀生的前輩指導我在店內應該有的語氣、用標價器在商品上貼標價、商品的陳列方式、將客人買的東西裝袋的方法以及掃除工作等等內容。

但是——

第一天就要學習這麼多事情，而且前輩又講得很快……讓我根本記不住啊。像那樣隨便教一次，怎麼可能記得住嘛。畢竟平常的我，只有普通人程度的記憶力而已。

「呃……請問這個盤點機……嗎？這東西要收在哪裡？」

「啥？我剛才不是教過你了嗎？」

妳沒教過啦！

雖然我很想這樣大叫，但這位打工的女大學生似乎因為要負責教育我的關係，被剝奪了她在休息室跟小和田店長玩耍的時間，現在心情不太好。

要是我惹她生氣，原本就已經很不充分的說明又會變得更不充分了。

於是，不低聲下氣的話就連工作方法都學不到的我……

「不、呃……妳好像、還沒教過……」

只能吞吞吐吐地小聲說道。

「你也長這麼大了，稍微自己想一下吧！」

可是……就算她要我自己想，根本沒做過這種工作的我完全想像不到啊。

無可奈何的我，只好拉開結帳臺周圍的抽屜，一一確認。

為了預防抽屜中有手槍時會不小心走火，而在武偵高中被訓練得習慣慢慢拉開抽屜的我——被打工的女大學生罵了一聲「廢物！」之後，她就搶走了我手中的終端機，「咔！」一聲插在櫃子後面的充電器上。

「對不起……」

也不知道究竟有沒有聽到我這句話……

女大學生似乎因為已經教過我幾項工作，而打算要休息一下的樣子。

結果她就這樣溜進那間其他打工女生們尖叫著「好笑！超好笑的！」的聲音不斷

傳出來、店長超受歡迎的員工休息室去了。

話說，這間便利商店……除了我以外的工讀生，全部都是女大學生啊。

而且每個人都很會打扮，姑且不論個性如何，各個都是美女。

畢竟是店長負責面試的，或許那就是他的喜好吧……對我個人來說是很麻煩啦。

（便利商店的打工，搞不好比我想像中的還要難呢……）

但根本沒時間沮喪的我——

拚命整理著雜亂的店面、在不妨礙客人之下打掃地板、看到有人準備結帳就先到櫃檯待命、將深夜進貨的雜誌……一邊把視線從成人雜誌上移開……一邊陳列在書架上——

這樣的工作反覆了幾天之後，我忽然察覺了。

自從我來打工之後，每個店員幾乎都沒有在工作。

大家都把事情塞給我做，自己則是圍繞著店長在玩耍。我的狀況就像是在通信科被同學們推卸掃除工作的中空知。這地方根本就是個黑心企業嘛。

（原來如此……之前離職的男性工讀生，也是因為這樣辭職的吧？）

不過，讓她們有機可乘的我其實也有不對。畢竟我只要面對那些女大學生，就會因為對爆發模式的恐懼——沒辦法直視對方的眼睛，講話也會結結巴巴。面對客人時也是一樣，只要有女性客人來，我就藏不住緊張的情緒。

因此大家都對我抱著『懦弱的傢伙』這樣的印象，完全瞧不起我。

於是，我就這樣遭到孤立，只能被大家頤指氣使。

現在也是，今後也是，連其他人的工作都要負責。

而且讓人絕望的是，會造成這樣的原因都在於我有爆發模式這樣的體質。是我天生就罹患的一種社交障礙。

爆發模式並不是想治好就能治好的東西。

換言之，將來就算我找到一份普通的工作……

到最後應該也會變得像現在這樣。

（難道我根本沒辦法像個普通人一樣正常工作嗎……？）

該死。不知道為什麼，淚水忽然湧上眼眶啦。但工作時不可以流淚，畢竟這是要面對客人的工作啊。

沒錯，我——絕對不可以被炒魷魚。

雖然到現在還沒找到機會，但我必須繼續留在這裡，直到敵人露出破綻……讓我跟亞莉亞接觸之前……

忍下去。要忍耐下去啊，金次。

對於一開始瞧不起這份工作的事情，我會深切反省。在這世上根本沒有什麼不需辛勞的工作。只要是工作，多多少少都會很辛苦的。

但是，我不能因此灰心。現在必須緊緊抓住這份工作才行……！

排班人員中唯有我必須早到，也只有我必須晚歸的事情也很讓人費解。

而這樣的狀況一天比一天嚴重，到現在變得只有我要前後免費加班三十分鐘的狀況了。

而且排在我前面的女大學生是個交班時也不會交接的人。她似乎一直以來都把工作推給別人，自己幾乎沒有做過，因此連怎麼做都不知道的樣子。

關於這件事真的讓我很頭大，不過我還是用上『透過手機詢問打工經驗豐富的風魔』之類的密技……到現在已經勉強可以完成工作了。

於是我也變得有餘力可以觀察周圍的事情，而明白了一件事——

這家店其實是小九超商的加盟店鋪，因此有自己的經營人。而這位經營人是醫科研醫院的醫生，還是小和田店長的父親。

簡單講，這裡的店長是醫生家的少爺，靠關係接下這間便利商店的。

怪不得他看起來那麼有錢，老是在炫耀自己的最新型 iPhone 或是價值五十萬的手錶啊。

而且他還非常小氣，明明我的實習期間都已經遠遠超過八十小時了，他還不願幫我加薪。

我猜他大概是假裝忘記幫我加薪，然後從中抽佣的吧？有夠奸詐的。

另外，那位爸爸，也就是內科醫生小和田經營人來店巡查的時候，我雖然都會小心讓對方不要看到我的臉。但是……

照理講，經營人應該要確認店家收益或是商品陳列狀況，並監視店員的工作態度才對，可是他卻完全不做這些事情。只會擺著笑臉來到店裡，跟那位富二代店長聊下次要買高級轎車給他的話題而已。

……或許疼愛兒子是人之常情，但是你那樣的教育方式，根本會讓兒子將來變得沒用啊。

（不，他已經很沒用了……）

像我遇到一個人忙不過來，為了不要困擾客人而希望有人來幫忙的時候……店長卻完全不工作，只會躲在休息室跟打工的女大學生們玩什麼ＵＮＯ。

「最後一名要接受懲罰～！搔癢之刑！我搔我搔我搔！」

而且還會裝作若無其事……不對，是很明顯在觸碰對方的身體。真是會發情。

雖然這行為正常來說就算被告性騷擾也不奇怪，但那些女大學生們不但沒生氣，還玩得很興奮的樣子。

我因為體質上的關係，一點都不會感到羨慕啦……不過你還真受歡迎呢，店長。

這也是因為小和田店長很有錢，才會這麼受歡迎的。

雖然社會上大家都在說只有帥哥會受異性歡迎之類的言論——然而就像這樣，現實狀況是不一樣的。

自古流傳的上方落語『黑烤蠑螈』中，也有列舉出男人受女人歡迎的十種類型，分別是：「①會打扮」「②長相帥」「③有錢」「④有一技之長」「⑤工作勤奮」「⑥純情可愛」「⑦巧言」「⑧力氣大」「⑨有膽識」「⑩風評好」。

而店長就具備其中的③，當然會受歡迎了。相對地，我則是一項也沒有，尤其是⑩根本是完全相反。不過在爆發模式的時候，⑦就會點燈了。

（也因為這樣，害我在事後必須要面對地獄啊……）

就在我回想起自己爆發時的妄言妄語，自助式陷入憂鬱的時候——

「喂，遠山！去買菸來！跟上次一樣的醇薄萬。」

「知、知道了！」

——被店長叫去跑腿，讓我有機會可以偵查醫院內的狀況了。

因為這裡是醫院內的便利商店，不提供菸類。不過在醫院外就有一間專賣店。雖然最近就算是幫家人買，未成年人也很難買到這樣的玩意，不過那位有點痴呆的老婆婆卻會毫不起疑地就賣給我。

於是，已經習慣被蘭豹叫去跑腿的我全力衝刺，正確買到**醇薄荷萬寶路**之後——

利用爭取到的短暫自由時間，嘗試從樓梯前往病房所在的醫院上層。

時間已經來到晚上十點，早已超過探病時間了。因此，我一路上都沒有遭遇任何人。

但是……當我躡手躡腳來到四樓左右的時候，趕緊停下了腳步。

——有人。

雖然並不精確，不過我在武偵高中訓練出來的感覺……

可以感受到在上面的四個人並不簡單，是**職業級**的。

靠現在的我，要是繼續往上走，肯定會被發現。

（只能繼續等待機會了……是嗎？）

我最後只好無奈地發揮萬全的警戒——無聲無息地回到便利商店……

結果小和田店長踹開摺疊椅撞到我的小腿，並大聲怒罵。

「慢死了！」

「……對不起……」

我遞出香菸盒後，店長便一把搶走，釋放出『快回去工作』的氛圍。

而他自己則是又回到那群女大學生之中，大家聊著要去滑雪旅行的事情。

（這裡就是小和田店長的王國啊……）

雖然只是個山寨王，不過感覺過得很充實呢。

這個社會上，往往就是像那樣的人可以事事順心。

而像我這種笨拙的人，就總是會在那樣的人際關係中遭到排擠、孤立、推託工作——回過神來的時候，發現自己變成老爺爺了還在幫人跑腿。

（像我這樣的傢伙竟厚顏無恥地想要到社會上做普通的工作，就會變成這樣是吧？）

……親身體驗到這項可悲事實的我……

重新把黑框眼鏡戴好之後，回去將大概是因為天氣冷而賣得很好的酒類搬出來上架了。

這家小九超商雖然為了服務住院患者與醫院職員，是二十四小時營業的……不過進入深夜之後，幾乎都不會有客人上門。

只要清點完進貨的商品、陳列上架、打掃店面、把速食炸雞與肉包子加熱完成後……就會變得沒事可做了。

然而，畢竟偶爾還是會有客人來的關係，我必須一直站在櫃檯待命才行。

這對於精神上來講實在很難受。

（好閒啊……）

我在房間被亞莉亞瘋狂開槍、被白雪或金女揮舞菜刀、被理子丟手榴彈轟炸的時候——為了靜待暴風過境，也會一個人躲在防彈置物櫃中好幾個小時——而現在的感覺，就跟那很相似。

然而，我躲在置物櫃的時候還可以用手機上上電影情報網站，或是跟武藤傳傳簡訊。但這裡是工作場所，我也不能做那些事。雖然那些女大學生們只要沒有客人在的時候，就會拿手機出來玩啦。

就在那個女大學生跟店長為了幫泡麵裝熱水而從休息室走出來的時候……姑且還可以算是平靜的小九超商中——

——忽然來了一名不太受歡迎的客人。

那是一名將右手插在外套口袋中、嘴巴不斷嚼著口香糖、一副很偉大表情地走進店裡的……大概國中二年級左右、身材有點嬌小的女孩子。

雖然她是個將來應該會成為美女的美少女，但那對大眼睛釋放出的眼神稍微有點壞。

一頭金髮的根部已經明顯長出原本顏色的頭髮，看起來就像上面淋了糖漿的布丁。

她之前跟奶奶一起來光顧的時候有被叫過名字，因此在店內通稱『小谷』。那時候雖然沒有犯行——但她其實是個**扒竊慣犯**。

「歡迎光臨！」

就算是被記在本店黑名單上的人物，還是必須要當成客人，因此我露出笑臉對她打了聲招呼。

可是小谷卻無視於我的存在，「啪！啪！」地玩弄著藏在口袋裡的伸縮刀。我從聲音就可以聽得出來，那應該跟藤木林一樣是雜誌郵購買的東西吧？

雖然她大概是因為前臂骨折的關係，左手被吊在胸前，但右手不太乖的小谷一來到店裡……店長跟打工的女大學生就一副『交給遠山處理』的態度，逃回休息室去了。

對我來說是沒什麼啦，不過或許對他們來說，應付這種麻煩客人是很討厭的事情。

經過一段時間後，依然沒聽到店長他們在吃麵的聲音。我猜他們應該是在準備透過監視器拍攝小谷做壞事的瞬間，想抓到證據吧？

然而，小谷的手法很厲害，過去從來都沒有被監視器拍過她動手的瞬間。

順道一提，陳列架上經常會缺少的商品是梅子口香糖，大概是她喜歡吃的東西吧？虧損總額已經超過六百元了。

在便利商店的教戰守則上寫說，當遇到扒竊犯準備逃跑的時候——就要丟擲防盜漆球，在對方的衣服或腳上留下色漆，防止在抓到的時候對方不認帳。

然而，就算這次真的順利拍攝到犯案現場……要負責清洗色漆的人也是我對吧？

因此，我決定按照教戰守則前一頁的內容來應付小谷了。也就是裝作若無其事地巡視店內，預先防範對方扒竊。

於是我對翻閱雜誌的小谷、一臉很想吃的表情看著冷凍庫中冰品的小谷、把陳列果汁與咖啡的冷藏庫開開關關的小谷……保持一定的距離，一邊工作一邊暗示自己的存在。

而越是沒膽的人，對於細微的氣息就會越敏感——

「……呿……你幹什麼啦！不要一直擋我的路行不行！」

小谷忽然一把抓住正在拖地的我的便利商店制服衣領了。

她似乎是個個性很暴躁的人，大概是因為住院期間沒辦法在外面大鬧的關係，心情有點不好吧？

不過，那樣做危險的不是我，是妳呢。例如說，武偵高中的外套衣領中，從一開始就會裝有毒針，讓伸手抓衣領的人會被刺到啊。雖然我為了預防自己受傷，是沒有裝那種玩意啦。

「呃……真是非常抱歉，不好意思。」

我露出苦笑，對年紀比自己小的女生不斷低頭道歉。

而那樣沒勁的態度，似乎反而讓小谷更加不爽了。

「你那是什麼態度？要幹架嗎？嗯？要跟我幹架嗎？」

這也是讓我感到很奇怪的一點……為什麼這些外行人老是會這樣向對方確認呢？不管怎麼想，在詢問之前就先給對方一拳絕對比較好的說。

「真、真是非常抱歉……」

「我告訴你，我男朋友可是混黑道的喔！」

唉呀，真巧，我也認識黑道喔。甚至還被原本是組頭的小妹妹跟蹤呢。

我腦袋中一瞬間想到這件事，結果忘記裝出害怕的樣子。

我想小谷應該是為了嚇我才說出這句話的吧？可是我卻露出一副感同身受的表情，讓她變得越來越不甘心了。

話說……妳剛才不是還一臉認真地在看少女雜誌中『單身經歷＝年齡的女生必看！到底該怎麼做才能交到男朋友？』的那一頁嗎？甚至還用手機做筆記。既然要騙人，也稍微把設定弄得現實一點嘛。

「好啊！來打嘛！你很行嘛，超行的啊！告訴你，我可是不會輸給那些女暴走族喔！你懂不懂！」

小谷（大概是）嚇唬了我一下後……

「呃……對不起，我不太懂……」

我因為真的聽不太懂而如此回應，結果她就「啊？」一聲瞇起眼睛瞪向我。然後大概是因為一直抓著我的衣領也累了，而放開手，吊起她細細的眉毛：

「哼！我這可是幹架折斷的喔！」

接著不知道為什麼，竟開始對我炫耀她吊掛在胸前的左手傷勢了……

但是從她繃帶底下露出來的擦傷痕跡看來，那應該是騎腳踏車摔傷的吧？從手臂吊掛的方式也可以知道，應該是低速摔車造成的青枝骨折。手指微微顫動，也是幾乎快痊癒的現象。以武偵高中來說，早就是可以接受強襲科格鬥訓練的程度了。一般人還真是愛誇大呢。

「那真是辛苦您了。打架這種事、呃……真的是很可怕。我很害怕啊。」

對即興表演很不擅長的我，雖然只能說出這樣很沒意義的回應，不過小谷大概是以為我相信她撒的謊了，而露出有點得意的笑容。

那笑臉就很像一般的國中生，天真無邪又可愛。

就在我因此鬆懈的時候——呸！

小谷忽然把嚼在口中的口香糖吐在地上，什麼也沒買就回去了。

「謝、謝謝光臨……」

唉……這又是我要清掃了。

雖然跟漆球的色漆比起來是好多了啦。

後來到了休息時間，我在休息室的角落吃著便當的時候——

「不要吃得慢吞吞的！快給我回去站櫃檯！」

因為我＝男生在附近休息而感到礙眼，加上必須有人代替我站櫃檯而讓身旁的女大學生減少的小和田店長，很不爽地用力踢翻我的便當。

他明明對吊著一隻手的不良中學女生表現得那麼膽小，面對自己認為比較懦弱的對象就能這麼威呢。

我剛才好歹也應付了小谷，對這家店有所貢獻吧？你就稍微提升對我的評價，對我好一點行不行？

（而且休息時間不是應該有一個小時嗎？我現在連十五分鐘都沒休息到啊。）

雖然我心中這麼想……

「——對不起，我馬上回去櫃檯。」

但我還是把拉開的小九超商制服拉鍊重新拉上，走回賣場。

我在這家店自己掏錢買的炒飯便當，這下也撒在地上了。

「把它打掃乾淨啦～」

用不著女大學生開口，我本來就有打算要打掃了啦。

總覺得我今天一直都在清掃呢。

話雖如此，即使是這樣的地方……也很安全、很和平……願意給像我這樣沒有社會常識的人工作，或許也是一個很珍貴的職場也說不定。畢竟距離下個月貝瑞塔公司進帳還有一段時間，能夠賺到錢純粹是一件讓我很高興的事情啦。雖然薪水有被從中抽走就是了。

後來，我偶爾也會去試探樓上的狀況——

但軟禁亞莉亞的外務省與英國大使館的職業保鑣們始終都沒有讓像我這樣的外敵抓到破綻。感覺無時無刻都在全力提防入侵者的樣子。

（不過，忍者雖有閒暇時，守衛卻無鬆懈日……啊。）

要比持久戰，還是我比較有利。對方即使再怎麼優秀，也一定會有露出破綻的時候到來。我只要抓到那個時機就行了，不用著急，慢慢跟他們耗吧。

於是，我就這麼一邊工作，一邊等待機會時——

隔天深夜，小谷又跑來了。

遠山金次VS.扒竊女中學生，再度決戰。我抱著『這片遠山櫻花，如果妳有辦法讓它散落的話，那妳就試看看吧！』的氣勢，握起拖把出擊了。

然而，自從那之後，似乎就把我視為眼中釘的小谷，竟然從陳列架後面伸出腳絆倒正在打掃的我……

「呀哈哈哈！遜斃了！」

明明穿著短裙，還笑著跑跑跳跳。

接著又對我抗議「找錢的態度不像個樣」啦，故意把芬達潑在地上啦，又假裝要把那個空罐丟掉然後撞我啦，非常積極地對我找碴。
「喂～你打掃超慢的。別做了別做了，乾脆辭職算啦。」
反覆說著這種話的小谷……
大概是因為我害她沒辦法靠扒竊抒解壓力，而想要讓我辭職的樣子。
甚至明明就沒有買東西，還站在櫃檯前……
「我可是為了這個社會在講的。像你這樣沒用的傢伙，早早辭掉工作才是對這社會好啦。」
隔著櫃檯對我不斷進行口頭攻擊。
反正現在沒有其他客人，是沒什麼關係啦……
越是像這樣的孩子，意外地越有自以為是良知派的傾向。畢竟他們都是自己＝正義嘛。
不過這或許也算是一種中二病，是人類成長的一段過程吧？
「我跟區長和警察署長也是朋友。像你這樣的傢伙，我隨隨便便就可以讓你沒工作啦！」
「……」
沉默苦笑的我……
（……嗚……！）
忽然驚訝得睜大黑框眼鏡底下的眼睛，讓小谷當場露出『你總算被我嚇到啦』的滿足笑容……

但我感到驚訝的——其實是我隔著小谷的布丁頭看到……

一些人影出現在便利商店的自動門前。

我真希望是自己看錯了。

真希望是我的錯覺。

然而，自動門還是無情地打開——深夜中依然閃亮的便利商店燈光，把她們的身影照亮了。

——該死……不是我認錯人啊……！

（……閻……！）

這間小九超商，竟然有三隻偽裝成普通人類的鬼——

跑來、了……！為什麼！

我雖然有聽華生說過她們來到日本的事情，但沒想到，竟然會毫無預警地在這裡遇到……完全出乎我的預料啊。

閻的打扮從「喀、喀」踏出聲響的皮靴開始，皮褲、皮夾克雖然都是黑的，不過敞開的胸襟——底下露出看似無袖衫的衣服，跟她的頭髮一樣是紅銅色。另外還戴著墨鏡與黑皮鴨舌帽，偏向左邊的兩根犄角被偽裝成帽子的裝飾。背後還背著金剛六角——形狀嚇人的狼牙棒，綻放出金屬光澤。

而被那個閻單手抱起來、身上穿著輕飄飄小女孩裝的是……

（霸美……！）

擁有怪力的迷你鬼。自從在空地島的宣戰會議以來，好久沒見到她了。

在閻的身邊，還有另一個人——雖然我是第一次見到，不過瀏海之間露出短短的犄角，一看就知道是鬼——是個身材纖細的美女。

這位身穿及膝長裙與深藍色水手服的鬼女孩表情缺乏起伏，看起來比閻或霸美冷靜而冷酷。腰上配戴一把不只是刀柄，連刀鞘也包著皮革，護手上也包覆皮革袋的革包太刀拵——通稱「鬼丸拵」的太刀。

（這些傢伙、為什麼會在這裡……！）

跟嚇呆的我對上視線的霸美，忽然咧嘴露出滿面笑容……

「——有沒有壞小孩呀～！啊哈哈哈！」

用大到讓自動門玻璃顫動的聲音，叫出像『生剝鬼節』會喊的臺詞。

小谷被那聲音嚇得跳起身子，這才總算察覺到背後那些鬼的存在。

「————！」

看到閻她們理所當然地配戴武裝、釋放出『明顯不是普通人，甚至連人類都不是』的氛圍，小谷被嚇到讓布丁頭都快豎立起來……當場雙腳一軟，癱坐在地上了。

從她背靠櫃檯、聲音發抖地說著「尿、尿出來啦……」的樣子看來，應該是沒有失去意識才對——

不過腳軟無法動彈的她，恐怕是沒辦法靠自己逃跑了。

另外，大概是把霸美的聲音聽成是什麼尖叫的關係，店長與打工的女大學生也從休息室跑到店面看狀況了。

該死！要是讓那些鬼在這裡胡鬧……就完蛋啦。只不過是普通模式下的我，還要一邊保護大家一邊逃脫出去，根本是絕對不可能的事情。

隔著墨鏡不知道在尋找什麼東西、邁著步伐走過來的閻——

大概是因為覺得礙事，抬起腳準備把在腳邊發抖的小谷像足球的傳球一樣輕輕踢開。

但——我很清楚，閻不會控制力道，也沒打算控制。

對這傢伙來講，這就好像因為有土塊擋路，便當場踢開，不用想太多。

恐怕就算那土塊因此粉碎，她也一點都不會在意吧。

住手，閻！妳那樣踢會造成致命傷的——對一個普通的女孩子來說！

「——嗚！」

我沒有多想什麼，便跳過櫃檯——

一把抓住小谷的外套，用力把她拖開。最後與小谷一起撞在櫃檯旁的商品架上，千鈞一髮之際成功讓閻的腳踢了個空。

——碰！

只是被閻的腳輕輕擦過而已，櫃檯正面的板子就當場破碎，連內側的不鏽鋼都彷彿被撕裂一樣開了個大洞。

（該死！這女人簡直就像重型機械一樣啊……！）

沒有進入爆發模式就勉強身體運作的我，光是要調整急遽加快的心跳與呼吸就很吃力了。

然而，當我揮手撥開從架子上掉下來的FRISK喉糖時——我發現自己已經因為害怕得抱住我的頭的小谷而稍微進入爆發狀態了。

這樣講或許很失禮，但她並不是我喜歡的類型。不過這大概是吊橋效應吧？也就是當生理上的心跳速度上升的時候，人類的大腦會誤認為那是對異性產生的悸動。

看到全身發抖的小谷而「嗚、嗚嗚嗚……」地哭出來的樣子——我雖然很想先讓年紀最小的女性逃跑，可是我無法預測這群鬼的行動，因此也沒辦法隨便亂動。

還是不要輕舉妄動，先觀察情況比較好。

然而，相對於我爆發模式下的思考——店員們看到闇明顯超越人類等級的那一踢，便紛紛慌亂起來。

女大學生們發出尖叫聲，想要從便利商店中逃出去。

可是那群鬼就擋在門口附近，讓她們無法逃跑，又大聲尖叫起來。

別吵！妳們越吵就越會引起鬼的注意啊……！

（該死！為什麼妳們這群人……連安安靜靜躲起來都做不到啦……！）

在一片哀號的店中，最吵的就是……

「店、店長！死定了！這下死定了呀！」

「放、放開我！這個白痴！」

披散著褐色的頭髮、抓住店長的女大學生，以及把自己應該最中意的她一腳踢開、想要一個人逃跑的店長。而且店長似乎因為那一踢而扭傷自己的腳，當場跌在地上了。

對那群人慌慌張張的樣子毫不在意的閻則是……

從放有酒類的陳列架上拿起大關清酒。一瓶、兩瓶、三瓶……全部。

被她抱在手上的霸美用裙子裝起那些酒之後，閻又抓起其他的日本酒與清酒。我本來以為她又會全部拿走的……但唯獨「鬼殺」似乎因為不喜歡名字的關係，而留著沒拿了。

接著，瓶裝威士忌與白蘭地也全都被閻拿起來，交給霸美。

同時，那隻身材纖瘦的鬼則是站在便當櫃前搶奪飯糰——然後看到走過來的閻抱在手上的霸美「嗯～嗯～」地想要拿放在高處的飯糰……於是跟閻一起輕輕露出微笑。

看來……她們並沒有要大打出手……的樣子。

不過，既然她們不挑其他地方，偏偏跑來醫科研醫院——

目的應該就是我，或是亞莉亞才對。

可是妳們沒有事先預約就跑來我的工作場所，我也沒辦法笑臉迎接妳們啊。

「人類為何都不會將東西分給需要的人——而總是喜歡囤積起來？難道你們每個人都精神有病嗎？」

環顧著店內的闇歪了一下頭，也沒打招呼就對我詢問起來。

而我則是不回答她這失禮的問題……

將剛才救小谷的時候折歪的黑框眼鏡拿下來，恢復原本的臉。

同時，也露出武偵的眼神——

「——喲，闇，聽說驅鬼結界一被解除，妳們就馬上跑來日本了。剛好節分也剛過。看來即使是闇，也會害怕這兩樣東西是嗎？」

我稍微出言挑釁，並觀察她的反應。這是為了確認我的一項推測——也就是她們的目的是我，是來找我繼續進行在龍之港沒有分出勝負的決鬥。

「不過闇也真是天真呢。如果妳剛才立刻追擊我，搞不好就可以把我殺掉的。可是妳卻沒那麼做。」

我裝作若無其事地移動到可以保護店內每個人的位置，並如此說道後……

闇又疑惑地歪了一下頭……

「遠山。汝從蜂窩取蜂蜜時，會把飛來的蜜蜂全部殺掉嗎？」

接著用沙啞的聲音回應了我一句在荷蘭也說過的類似臺詞。

「米與酒，余等只不過是來享用這些東西罷了。這些是人類造出來的東西中，最好的兩樣。余等自古以來即對這兩樣東西上癮了。汝等人類能活下來的理由——便是為了造出米跟酒供養余等。就好像養蜂一樣。」

看來對鬼來說，所謂的人類……真的就是像蟲子一樣的存在呢。

另外，我明白了一件事：這些傢伙的目的並不是我。因為她們即使被我這樣挑釁，也沒有對我出手。

（換言之……是亞莉亞嗎？）

這下狀況越來越複雜啦。

「閻姊，這傢伙是武士。請問我可以吃了他嗎？」

站在閻身邊那個身穿水手服的鬼──

在如此詢問的同時，已經把目光鎖定在我身上了。

「隨汝高興吧，津羽鬼。」

聽到閻這麼說，被稱作「津羽鬼」的水手服女鬼……緩緩地……對我放出了殺氣。

這氣勢──好銳利。

感覺她只要一個動作就可以殺掉我了。就好像一把刀已經架在我的喉頭上。

（雖然我不清楚津羽鬼的實力……）

不過從她稱呼閻為「姊」看來，應該在閻之下。但我還是把她想成跟閻一樣擁有怪力會比較好。

也就是說──

要是讓她在這裡大打出手，就會牽連到一般人，會讓那些人像紙屑一樣被砍碎的。

於是，我只好在津羽鬼做出行動之前……

「給我離開這家店。」

不得不把一直藏在小九超商制服底下的貝瑞塔從後腰槍套中拔出來了。

我為了威嚇對手，故意很明顯地「喀嚓」一聲扳起擊錘——結果女大學生們看到我的槍，而且當場理解那是真槍，又發出了刺耳的尖叫聲。

店長則是臉色發青地說不出話，小谷也把眼睛睜大得連眼珠子都快掉出來了。

不過，對於我隱瞞『真面目』的事情，還是等之後再道歉吧……

「雖然像現在這樣的狀況，通常有事前警告、威嚇射擊的義務，但妳們並不適用於武偵法第二條，也不適用第九條。就好像要打蟲子的時候，不需要顧慮那麼多一樣啊。」

我先對剛才把人類當蟲子的鬼以牙還牙。

像商店這種屋內空間——比起會被架子或天花板妨礙的太刀，還是手槍比較有利。只要我明顯亮出自己的槍，津羽鬼應該也會判斷自己比較不利。

這樣一來，至少就不會牽連到在現場的一般民眾了。

「——『鬼到外』，給我離開這家店。」

我在站起身子之前先直接從拋彈殼孔裝進膛室的武偵彈，是去年梵蒂岡給我的穿甲彈。

就算對手是鬼，要是敢徒手抓彈應該也會受重傷才對。

面對明顯把搶對準水手服鬼的額頭、進行威脅的我——

「无邪志國的武士，只要你現在立刻像蜚蠊一樣趴在地上道歉，我就直接從心臟開始吃，不會讓你痛苦。否則，我就活生生從手腳開始吃了你。選一邊吧。」

明明被槍口瞄準的津羽鬼……反而開口威脅我了。

那語氣相當冷靜，明顯不是單純的嚇唬。

而且津羽鬼甚至沒有要拔刀的動作。

只是腰桿筆直地站在我面前而已。

她跟之前在中國寶船上的閻不一樣，感覺是要認真跟我打的樣子……

……難道徒手空拳的鬼，比握槍的人類更厲害？

「不道歉嗎？那麼，我就先把你的膝蓋以下扯斷吧。不過，武士啊，你真是太幸運了。因為你連那一幕都看不到，在看清楚之前，你的腳就會被我扯下來啦。」

只是在講話的黑水手服鬼——

——啪——

——忽然消失了。

「嗚！」

在我瞬間變成超級慢動作世界的視野中……碰！

剛才被灑到地上的喉糖盒子忽然破裂。是足跡。在我的視線下方——彷彿空間扭曲似的，可以看到一個稀薄的人影。那就是津羽鬼了。這不是什麼透明化或是瞬間移動——是超高速移動——！

驚人的高速讓我無法做出攻擊反應，只能靠著爪子接觸到自己膝蓋的感覺……

（——橘花——！）

用雙腳使出亞音速的迴避技，順勢往前空翻。

在動作途中，頭腳顛倒的我雖然用左手刀釋放櫻花——

卻被津羽鬼當場閃開，於是——碰——！我用右手上的貝瑞塔開槍。

——啪——！

在我落地的同時，側著身子的津羽鬼也再度出現在對面。

因慣性法則而高高掀起的裙子與黑長髮，以及還算有肉的胸部回到原本的位置後……在她沒有握刀的手上……

「哼，子彈飛來之前，我都想打呵欠啦。」

我的子彈、被她抓住了。

——她竟然一副理所當然地就抓住了我的子彈。我明明是在那麼近的距離下開槍的說。

而且那還是穿甲彈，可見她並不是像閻那樣靠蠻力抓下子彈。

津羽鬼是跟我的徒手抓彈一樣，讓手順著子彈的速度抓下來的。

（武偵彈也輸了。）

不過，感覺速度應該是津羽鬼的特長，我還是不要以為所有的鬼都能抓下子彈而感到絕望吧。

畢竟我剛才的開槍姿勢也有點勉強。空翻途中上下顛倒的狀況下開槍，我還是第一次呢。

因為津羽鬼展開行動的關係，閻也把身體轉向我這邊。然而，在她的手臂上……

「閻，津羽鬼，我餓了。」

霸美忽然抓著閻的皮外套，開始叫餓了。

「霸美大人，請稍待一下。現在有個礙眼的武士啊。」

津羽鬼隔著我回應霸美，可是……

「我餓了！餓～了！餓了餓了餓了餓了餓～～了～～！」

霸美卻大吵大鬧起來。

那聲音大得根本沒有應該控制音量的常識。完全就是小孩子在鬧脾氣的樣子。

因此焦急起來的閻，趕緊拿下墨鏡……

「但、但是、呃……」

一點也不像她的個性，慌慌張張地安撫著霸美。

可是……

「嗚嗚嗚，我討厭閻！最討厭了！」

在閻的手臂上，霸美用力揮動手腳。

也不在意自己穿的是裙子，雙手雙腳都用力甩動，徹底進入鬧彆扭模式了。

同時，被霸美說『討厭』的閻則是……當場大受打擊、說不出話，感覺如果在漫畫《玻璃假面》中都會變成白眼狀態。

「哦！哦！霸美大人，請冷靜下來。飯糰就在這裡。」

津羽鬼丟下子彈，輕輕抓起長裙，也不理會我就趕緊衝向霸美。

接著立刻把自己剛才裝了飯糰的籃子從孤島式陳列架上拿起來，遞到霸美眼前。

看來……對那群傢伙來說……霸美是相當重要的人物。

或者應該說，闇、津羽鬼跟霸美看起來根本就是夫婦跟孩子了。雖然闇是女的啦。

（俗話說，猛將也不敵泣子，是嗎……？）

多虧如此，讓我們暫時休戰了……

不過她們餵飽霸美之後，再度對我展開攻擊的可能性並不低。

畢竟因為種族上的差異，我很難預測津羽鬼跟闇的想法。

而且——

無論是再開打也好，要談判也罷，我也不能讓好不容易現身的這些鬼就這樣打道回府。

因為她們明明是眷屬的一派——卻不同意正式停戰，是一群不懂規矩的傢伙。

更重要的是，亞莉亞殼金的最後一枚，還在霸美手中。

只要把那東西搶回來，亞莉亞就可以不用變成緋緋神了。

我……認為靠威脅把這群鬼趕出去很困難，於是……

「手下這副德行，主人也不像個樣啊。」

把作戰方針改為自己引誘她們離開的方式，而出言取笑似乎是對方之中特別人物的霸美，並往後退向出口的方向。

對於很寶貝孩子的她們來說，這招效果非常好……

「竟敢愚弄館主大人，我絕不饒你！」

剛才打算咬斷我的腿、以家族成員來說相當於母親角色的津羽鬼又再度瞪向我了。

然後，她顫抖著握刀的手，一步，又一步，朝我走過來。

好，這下至少可以把一隻鬼引誘到外面去了。

雖然閻跟霸美還留在店內，但只要我狠狠修理津羽鬼，她們應該也會跑出來助陣才對。

我退到出口、讓自動門打開。津羽鬼則是──啪──又消失了。就在這個瞬間……

「──住手，津羽鬼！」

打雷般的聲音忽然響徹賣場，津羽鬼「啪！」一聲又出現在她原本消失的地方。

被閻大聲一喝而退下的津羽鬼，快到讓人眼睛追不上的動作所產生的氣流……

讓一股香氣從我背後飄來。

正是我怎麼也無法忘掉的──

梔子花的香氣。

「……亞莉亞？」

我趕緊轉回頭，便看到身穿武偵高中水手服的亞莉亞站在那裡。

──閻是因為看到亞莉亞出現，所以才制止津羽鬼的。然而，她的聲音聽起來有

點慌張又是為什麼……？

亞莉亞吊起一邊眉毛、看著我身上的便利商店制服與手上的槍……

「我才想說胸口有種不對勁的預感，跑來一看，果然就是金次呀。」

一開口就用娃娃聲對我如此說道。

亞莉亞，妳真棒啊。明明胸口就沒什麼肉，預感卻很準嘛。

「……外務省的監視呢？」

「我甩掉了。畢竟那群傢伙只顧著警戒外面，要從裡面偷溜出來倒是簡單多了。話說，你在做什麼？」

「只是稍微打點零工而已啦。」

「啥？」

這次換成我們像夫妻在搞笑的時候……

「──找～到啦！」

被閻抱在手中的霸美，就像躲貓貓的鬼一樣伸手指向亞莉亞。

果然，這群傢伙的目的是亞莉亞啊。

我確認了這件事情，而準備把亞莉亞保護在身後。可是──

亞莉亞本人卻邁步走到我的身邊了。

接著，她用像鬼一樣的眼神狠狠瞪向店裡的鬼，環抱雙手挺起胸膛：

「妳們就是眷屬說過的那群非洲的鬼吧？剛好我過得很無聊，就讓我把胸借給妳們

吧。」（註4）

妳有什麼胸、可以借人啊……？

雖然在場的所有人應該都這麼想，但懂事的我還是忍住沒有說出口了。可是……

「把胸借人？」

從後面忽然傳來聲音，於是我跟亞莉亞同時轉頭一看——

發現津羽鬼竟然不知不覺間就衝到外面了。

「妳借給別人就破產了吧？」

她撐出自己那對還算有肉的胸口，說出彷彿用火焰噴射器對著炸彈噴火的發言。

而且在穿過我們身邊的同時，掀起亞莉亞的上衣——

「——？」

一臉疑惑的亞莉亞低頭一看，當場驚訝得讓雙馬尾展開成輻射狀了。她、她、她那件撲克牌花紋的集中托高偽裝內衣……

竟然完全露出來、徹底露出來——

全部都被看光光啦，喂！

「……嗚……！」

徹底慌張起來的我，想到同樣的悲劇其實在四月那齣飛行傘逃脫劇中就有發生

註4「把胸口借給對方（胸を貸す）」係源自相撲的俗語，指實力上位者陪實力下位者過招的意思。

過。因為亞莉亞的身體缺乏會勾到上衣的起伏，所以只要一掀就會整個被掀起來的。
「唰！」一聲用雙手壓住上衣的亞莉亞，順勢拔出雙槍。
「〜〜〜〜〜〜〜〜〜〜！」
轟、轟轟、轟轟轟……
從她的脖子開始，因為憤怒而火紅起來，一路往上到下巴、臉頰、額頭。
就在亞莉亞血液衝腦、太陽穴上冒出D字型的血管，讓我忍不住感到害怕的時候……
「似乎還不是時候呀，閻姊。」
「唔，看來余等來得過早了。」
津羽鬼和閻隔著我跟亞莉亞如此對話。
「好，看到了！閻、津羽鬼，回家！緋緋神遲早會來，不急在現在！」
被抱在手上的霸美也用難解的日文發出命令……
「那對**髮飾**，很適合妳喔，亞莉亞。」
來到店外、似乎有打算跟亞莉亞戰鬥的津羽鬼，在我們背後如此說著。
而在店內的閻，則是抱著霸美開始移動，與津羽鬼兩人包夾站在出入口的我們。
於是我轉身面向閻，把背部靠在正對津羽鬼怒不可抑的亞莉亞背上。
「背靠背。是香港的油輪劫船事件以來呢，亞莉亞。」
「金次，把這些傢伙開洞打成蜂窩！」

因為剛才的那場意外而強化了爆發模式的我，以及身為燃料提供源的亞莉亞——就在津羽鬼盯上亞莉亞、閻盯上我的瞬間——一轉！

完全沒有事先套招，就成功演出以前亞莉亞與蕾姬在新幹線劫車事件時表演過的王車易位，像迴轉門一樣換位了。

我——也沒什麼特別的理由，就是覺得亞莉亞應該會這麼做。

畢竟要對付這群鬼的話，總是要做出一些出人意料的事情，不然就會陷入苦戰。

我聽著背後的亞莉亞「碰碰！」兩聲像火箭發射一樣朝著閻衝出去的聲音，同時用改造貝瑞塔的全自動模式猛攻津羽鬼。

就算津羽鬼再強，似乎也沒辦法把連續發射的子彈全部抓下來或躲開——於是她靠著本能朝右側，也就是會讓我張開手臂的方向，劃出一道弧線向我逼近而來。

那步伐宛如在草原上跑跳的少女般輕盈，讓人完全無法想像她現在正被子彈掃射。

就在我因為空槍掛機而咂了一下舌頭、把手槍收起來的同時，津羽鬼從一直保持著開啟的自動門右側——

碰碰！碰碰碰碰碰！

伴隨空氣破裂的聲響，對我展開連續反擊了。

她的拳頭形狀獨特，感覺像是要用指甲抓破對手，類似中國拳法中的虎形拳。

然而，津羽鬼——也就是鬼的毆打，跟人類使用那種手型但實際目的是要戳瞎對手的招式完全不同。

她的利爪足以連皮帶肉撕裂對手，手掌的力道也足以造成骨折。就像裝有利刃的鐵鎚連擊一樣，無論擊中何處都能無差別地削掉對手的肉。而且她的打擊比全自動手槍射擊還要快、還要凌亂。

我雖然用橘花將她的攻擊一一架開——但畢竟那是無論擊中人體任何地方都能造成傷害的打擊，因此津羽鬼根本沒有固定目標，讓我很難預測她的拳路。

透過眼角餘光，可以看到在店內的店長、女大學生們與小谷……

正因為我與津羽鬼的作戰發出他們難以想像的爆炸聲響而目瞪口呆了。我雖然很想對他們拋個媚眼，稍微讓他們安心一點，但是現在只要有一瞬間大意都會要了我的命。因此我只能保持著嚴肅的表情，心中實在感到很愧疚啊。

同時，亞莉亞則是——

在陳列洋芋片的架子上一蹬，像貓咪一樣在空中扭轉身體，越過身材高大的閻頭上，「碰！」一聲趴倒在結帳櫃檯上。

接著，化為一座人肉砲臺，碰碰碰！碰碰！

背對著店長他們，朝閻發射出 .45ACP 子彈的彈雨。

「哦！呦！」

閻雖然抱著霸美，依然用手抓下亞音速飛行的子彈，或是閃身避開——朝著自動門的方向漸漸退後。

亞莉亞她——是為了保護店內的一般人，打算先把敵人逼出店外再說。看來她即使怒上心頭，身為武偵的想法還是跟我一樣啊。

亞莉亞對閻開槍，流彈自然就會飛向位於兩人直線延伸處的我與津羽鬼。

通常為了不要誤擊同伴，在這種狀況下開槍應該是NG的——不過靠我跟亞利亞的默契，就能辦到這點。子彈不但不會擊中我，身為射擊天才的亞莉亞甚至可以靠彈道牽制津羽鬼的動作。

就在這時，霸美忽然從閻的手中跳下來——

把裙襬的前面當成袋子，裝滿酒與飯糰，快步通過津羽鬼的背後，跑出店外。

而閻也追在霸美的後面……

「津羽鬼，雖然目前僅是個小女娃，但絕不可因為余等與遠山武士的遊戲而波及到緋緋神大人的雛身。現在還是遵照館主大人的命令，先撤退吧。」

趁著亞莉亞射完子彈、換成拔刀的時候，轉身背對她，與霸美一樣跑出便利商店了。

看到這狀況，津羽鬼也——不甘心地瞥了我一眼後，轉身離去。

就這樣，閻追著霸美、津羽鬼追著閻，似乎準備離開醫院的樣子。

總之，我從那群鬼的手中成功保護了一般人與亞莉亞。不過……

——我要繼續追擊。

雖然跟預定中的狀況不太一樣，但畢竟我也跟亞莉亞成功會合了。

看來我是命中注定，每次都只能靠戰鬥中的笑臉表現出與亞莉亞再會的開心情緒呢。就像現在這樣，我只能對趕來幫助我的亞莉亞露出苦笑。

「我們走吧，亞莉亞。我想亞莉亞應該也知道，她們手中握有對亞莉亞很重要的殼金。所以接下來，我們就來玩一場『鬼抓人』吧。」

我拿出藏在褲管中的彈匣，重新上膛。

「如果是我們當鬼，都不知道哪邊才是鬼了呢。」

亞莉亞笑著露出犬齒，從櫃檯上輕輕一跳，來到我身邊。

這下，福爾摩斯四世&奴隸這對拍檔又順勢集合啦。

「啊……啊……？呃……？」

我聽到奇怪的聲音而轉頭一看，發現小和田店長正躲在櫃檯後面，全身發抖地看著我。

他大概是看到我沒有戴著以往的黑框眼鏡、與那群鬼大打一場、現在又拿著槍的樣子——已經不知道該說什麼才好了。

「店長，很抱歉。因為有客人沒付錢就跑掉了，我現在就去追討。請給我外出許可。另外，請問我今天可以下班了嗎？」

「……好、好的……請便……」

滿臉都是汗水與眼淚地對我點頭的店長，即使是個一般人也未免太沒出息了。不過……

現在的我依然還是他的員工，必須要盡到身為店員的職責才行。

那群鬼不但在空地島上搶走了殼金，在這家店也——不只是扒竊，根本就是幹了一場強盜等級的勾當。而且她們搶走的還是我辛辛苦苦陳列上架、整齊排好的杯裝酒與飯糰，絕對不可原諒。

心中燃燒著憤怒火焰的我，在粉紅色的雙槍小姐陪同下——

走出店門之前，對癱坐在雜誌架旁、抬頭望著我的小谷……

「小孩子不早點上床睡覺，就是會有鬼跑出來喔。」

留下了一句奶奶在老家說過的話。

叮咚叮咚……謝謝光臨……

自動門傳出送客的聲音後——

我脫下便利商店的制服，恢復原本就穿在底下的武偵高中制服打扮。

——好啦，鬼客人們，妳們還沒付錢喔？

4彈　富嶽的女帝

奔出醫院的同時，我確認了一下自己的武裝。因為考慮到和外務省交鋒的可能性，前幾天請麗莎幫代買的平賀產品我也帶了不少在身上，真是太幸運了。另外，我事前有跟理子商量過**某件事情**，因此也順便聯絡了她一聲：「差不多該出場了。」

現在時間將近晚上十一點，屋外很冷，而且今晚還有濃霧籠罩東京。

在醫科研院區內那片宛如公園般的樹林中——有一條像白色繩索的東西往上延伸到夜空。上空雖然因為濃霧的關係看不太清楚……不過可以看到一輪新月與一輪滿月……兩顆月亮……？

「金次，雖然這只是我的直覺，不過敵人一定就在那月亮上。她們恐怕是用那條白色的繫繩爬上去的。我去拿個東西，你在這邊待命三分鐘。」

亞莉亞指著那輪滿月說完後，便翻身揚起粉紅色的雙馬尾離開了。

因為霧太濃的關係，我沒辦法看到那月亮與繩索的全貌，但既然亞莉亞這樣說，那些鬼想必就在那月亮上了。對方可是超乎常識的存在——鬼族，因此就算她們利用類似『傑克與魔豆』的系統，讓鬼島浮在雲上，如今我也不會驚訝啦。

不管怎麼說，既然她們是靠繩索爬上去的……我立刻跑到繩索在樹林中的末端處，卻看到它被埋入地底而不禁咂了一下舌頭。

這下就算我想要解開繩索與地面的連結搞破壞，感覺也很花時間。

雖然我有想到，既然如此就乾脆切斷它——

但這條繩索就如同亞莉亞的描述，是像宇宙開發中軌道電梯會使用的強化繩索，利用高分子聚乙烯與克維拉的複合纖維造出來的。想要切斷它應該也需要有專門的工具才行。

（而且，既然我還不清楚這條繫繩的上端是什麼狀況——根據構造，搞不好會有切斷它就無法追上去的可能性。看來這下只能爬上去了。）

然而，就算有濃霧影響，但現在竟然已經完全看不到那些鬼的身影，可見……

雖然我不清楚她們是怎麼爬上去的，不過可以確定那些鬼的上升速度非常快。

相對地——我卻必須在沒有任何道具的情況下，爬上這條繩索。

即使是在爆發模式下，我光靠手腳也爬不快啊。

就在我皺起眉頭的時候——

——砰磅——唰！

我的腰部忽然感受到差點讓骨盆脫臼的衝擊力道，緊接著移動向量又瞬間從橫向轉變為縱向。體感速度在轉眼間就超過了時速八十公里。

究竟是什麼東西抓住我，光靠梔子花的香氣就可以知道了……

「這是平賀同學幫我做的新型ＹＨＳ，是之前平賀同學幫我把它送到這裡來的——她當時雖然立刻就被趕回去，不過裝這東西的收納箱本身倒是醫院幫忙收下了。我們就用這個飛上去吧。金次，快點把扣環固定在你的腰帶上。」

裝備了滯空裙甲的亞莉亞，穿破濃霧往上升高。

而我則是被她從背後抱住，沿著繫繩不斷被往上運送。

亞莉亞原來是打算用這玩意，一口氣衝到那個月亮上啊。

真不愧是我的主人，想像力完全不受常識拘束呢。

不像我，只會想到要像遊騎兵部隊一樣爬繩索上去。

「上升機會只有一次，畢竟ＹＨＳ本來的設計是一人使用，而且混合燃料很快就會燒光。我不知道自己什麼時候又會發作，所以我把你帶到月亮上後，接下來的事情就託付給你了。」

不是『交給你』而是『託付給你』——從亞莉亞的講法中，可以感受到她對我的信賴……讓爆發模式下的我高興起來……

「我就是喜歡亞莉亞那種強硬的個性。了解。想必那月亮上是很恐怖的鬼世界。要到那種地方搶回遭竊物，確實只要我一個人就夠了。」

於是我撥起被風吹亂的瀏海，微微轉頭對亞莉亞一笑。

「在說什麼蠢話，快看上面啦，笨蛋金次——目標接近中——！」

可愛的亞莉亞果然臉紅起來，輕輕敲了一下我的頭。

我遵照命令，抬頭仰望——看到了。

是用健壯的手臂一左一右抱著霸美與津羽鬼的——閻。

津羽鬼的手中小心翼翼地抱著閻的靴子，而光著腳的閻……竟然用腳趾夾住繩索，「啪！」一聲像火箭似地往正上方跳躍。

她就是雙腳反覆這樣的動作，用超快的速度攀爬繫繩的，而且表情一派輕鬆。

怎麼會有如此誇張的力量啦？難道她體內裝了什麼核動力引擎嗎？

另外，隨著我們上升接近，現在已經可以清楚看到那輪巨大的滿月——在繫繩上端發光的那玩意其實是——

一顆巨大的白色汽球。

用強力照明燈從內側發出光芒、幾乎呈現球狀的氣球……看起來是紙……用和紙拼貼出來的東西。

「那是……什麼……？」

亞莉亞會不知道也很正常。畢竟那是——

（……『氣球炸彈』……？）

我一時無法置信，而仔細觀察外觀——不會錯，那就是舊日本軍拿來攻擊過美國的氣球炸彈——的擴大版。

所謂的氣球炸彈——是在巨大氣球下方垂吊炸彈，讓它上升到對流層後，利用對流層的高速氣流運送到美國本土，然後進行轟炸的特殊兵器。

雖然那東西外觀看起來像廣告氣球一樣可愛，但實際上是到了現代依然保持著世界最遠實戰攻擊距離的紀錄、史上第一個洲際轟炸兵器啊。

這顆氣球炸彈的中心似乎像串珠一樣有一條貫穿上下的洞，而繫繩就是穿過那裡。閻她們通過那條洞，轉眼間便爬到了氣球上面。

接著，她們又放出另一顆附有繩索的發光氣球到空中——升到更上空的那顆氣球相對比較小，光芒也一閃一滅。搞什麼……？是像訊號一樣的東西嗎？

「金次，那氣球是空中浮標！從九點鐘方向，有飛機——！那些傢伙打算跟那飛機會合呀！」

飛越氣球炸彈的亞莉亞大叫著，並指向分不清雲霧分界的遠方。

接著，從那方向——

混雜在風聲之中，的確可以聽到強力的引擎聲在接近中。

那聲音越是接近就越沉重，漸漸撼動我的身體。

機影也隱約可以看到了。明明距離還很遠，卻相當有存在感。好……巨大……！

「金次，那飛機好大……那是什麼？B—36嗎？不，那外型我沒看過呀……！」

捲動雲霧漸漸現身的那玩意……同樣是亞莉亞不知道也很正常的東西。

直線錐形翼、六顆引擎、目測全寬甚至超越GⅢ的B—2改……！

這傢伙是……！

「……富嶽……！」

「副月？」

雖然我同樣感到難以置信，但那的確也是舊日本軍的兵器——而且是在開發途中就應該被放棄製造的超大型戰略轟炸機——富嶽。是比當時讓日本傷透腦筋的B－29還要巨大、根本超出常識範圍的軍用飛機啊。

那玩意竟然正朝著我們的方向，低速接近中。

以日本第一高山——富士山的別稱命名的富嶽——

全長四十五公尺，全寬六十五公尺，載彈量兩萬公斤，最大航程約兩萬公里，在不加油不著陸之下可以飛越半個地球，是個瘋狂的巨大兵器。

當時的計畫是從日本升空後——直接轟炸美國的匹茲堡、底特律、紐約等等工廠地區與主要都市後，橫越北美大陸，甚至飛越大西洋——到同盟國納粹德國的領地著陸。然後補充完燃料與炸彈後，繼續轟炸英屬印度與中國，根據狀況甚至空襲蘇聯之後，再回到日本……換言之，就是飛越地球一圈、轟炸整個世界，可說是有如惡夢般宏大的想法下進行開發的轟炸機。

那玩意要求的性能幾乎可以匹敵現代最大的轟炸機B－52，對當時日本的工業技術來說完全是超出能力範圍，再加上單價過高等等問題，導致到戰爭結束之前都來不及生產出來。不過……

「追捕強盜的途中，竟然發現了更危險的東西。那玩意也必須好好檢查一下啦。」

有件事雖然不太被世人知道，但說到富嶽就一定會提到『在德國先降落一次』的背後意義是……

計畫中其實也有考慮到要裝載當時德國已經開發到理論階段的**新型炸彈**——也就是原子彈啊。

雖然我覺得應該不可能，但我還是要好好檢查一下那玩意裡面有沒有裝什麼奇怪的東西才行。

「亞莉亞，把我放到那架飛機上。辦得到嗎？」

「……我試試看。雖然我想你應該沒問題，但你可以回得來嗎？」

「那當然。畢竟我還想見到亞莉亞啊。不，我們一定會再見面。能夠讓我下定這種決心的女性——除了亞莉亞沒有別人了。」

「笨……」

亞莉亞大概是想說「笨蛋！」的聲音，卻被完全遮住我們上空的富嶽巨大引擎聲掩蓋——

接著從富嶽垂下了一個降落傘型的網子——到處都有掛鉤——包覆似地勾住了一閃一滅的氣球。

而利用繩索連接著那顆氣球的閻一行鬼，就這樣從氣球炸彈上被帶到空中。

為、為什麼那群傢伙有辦法做到這種事啦！要是人類的話，現在早就全身散掉了。

「金次，剩下十五秒！燃料要耗盡了！」

亞莉亞在富嶽產生的亂流吹颳下，奮力嘗試接近它的主翼。

就在距離——接近到二十公尺左右的時候……

「謝謝妳，亞莉亞。我去去就來。」

我解開連結自己腰帶與YHS的掛鉤，預測角度後用手槍瞄準富嶽的右翼，射出纖維彈。

即使被拉到直徑只剩一μm也能承受零點二t張力的複相液態芳綸纖維——牢固地連接住滯空彈子與前進彈子。而與亞莉亞切離的我——利用氣流，在空中攀爬纖維繩索。

最後——隨著激烈的滾動受身倒法，落在機翼的表面上。

接著從附鉤鞋中彈出鉤爪，防止墜落的同時……

我轉頭一看，便看到YHS燃料用完的亞莉亞展開英國國旗花紋的降落傘，緩緩降落了。雖然到了地面上應該會被外務省的那群人追蹤，不過接下來就相信亞莉亞的實力吧。

（……話說回來……）

富嶽還真是越看越嚇人的超巨大轟炸機啊。

光是螺旋槳的直徑就有五公尺左右，而且還左右各三顆，總共六顆引擎，除了壯觀之外實在想不到其他形容詞。完全就是一座空中鐵城了。

然而，有件事讓我感到很不對勁……就是這機翼像舊蘇聯的K－7一樣厚。

雖然全寬與全長看起來都與當時的計畫數值差不多，但這架富嶽的機翼厚度明顯比後世流傳的數值還要厚。或許是因為可以利用二十一世紀最新素材建造的關係，所以設計上有經過修改吧？機翼表面也有塗上碳纖複合塗料，應該多少具備一點隱形能力的樣子。

（……而且它為了不要被光學探測到，還刻意飛在雲中。）

在甚至看不見機翼另一端的極差視野中——

我雖然嘗試尋找閻她們的身影，但到處都感受不到她們的氣息。應該是已經進到機艙內了。

於是我也打算找個地方開洞入侵內部……不過很快就發現自己不需要那樣做了。因為在機翼表面的中央處，有一個看起來像出入口的艙門。

而且那個艙門沒有上鎖，我轉了一下把手便輕鬆打開，從機艙內吹出溫熱的空氣。或許沒必要害怕入侵者的那群鬼，連上鎖的必要性都不知道的樣子。

就這樣讓我輕鬆進入的富嶽主翼內部……有一條走廊。地板上鋪有毛皮地毯，機艙內有調整氣壓，甚至還有暖氣。這真是太感激了。

雖然一開始的通道狹窄到我必須彎著身子，不過越接近機身的方向，天花板就越高。到現在我已經可以站直身體了。

而讓我感到驚訝的是，牆壁上還有門——換句話說，在機翼中甚至還有房間啊。

當中有為了可以從內側單獨控制引擎而設計的房間……還有不是為了那種目的而造的房間，也就是起居室。

（簡直就像一座基地飛在空中一樣，真是教人佩服。）

我握著貝瑞塔，繼續往機翼深處前進……

「……定時報告……富嶽，二三零零……往鬼之國順利飛行中……」

從推測應該是儀器室的小房間中傳來女性——應該是鬼——的聲音。

紀伊國？這架富嶽是朝東飛行，我認為應該不是要飛向三重縣的方向才對……（註5）

不管怎麼說，要是我莽撞入侵深處，搞不好會被鬼包圍也說不定。

畢竟我現在還不清楚，這架飛機上究竟有幾隻像閻或津羽鬼那樣的戰鬥型鬼啊。

（還是暫時先躲起來，觀察一下敵情比較好……）

如此想的我，發現在主翼內部——有兩間感覺沒有人在裡面的小房間。我稍微猶豫了一下應該要進去右邊還是左邊之後——帶著碰運氣的想法，把手伸向右邊的房門。

然而，我的不幸能力卻在這時候發動了。

果然沒有上鎖、讓我輕鬆進入的一坪半房間中……

「……嗚……！」

等等、呃、為什麼、妳會在這裡？

「……嗚！」

註5「鬼之國」的日文發音與日本和歌山縣、三重縣南部的舊稱「紀伊國」同為「Kinokuni」。

完全沒有讓人感受到氣息——正在享用著水煮青花菜的那個人物，也瞪大鈷藍色的眼睛看向我。

（颱風的、莎拉！）

穿著像日本女高中生制服的西裝式制服與格子裙——

手上捧著一個深盤子的莎拉，就蹲坐在地板上啊……！

這傢伙是羅賓・漢的後代，同時也是繼承魔女血統的眷屬殘黨。能操縱風，配合弓術使用作弊招式——破解我的彈子戲法，還差點把我射殺掉的強敵。

不過，她那個裝有孔雀羽毛弓箭的箭筒現在放在門邊，也就是我這一側。

弓似乎也經過拆解，被收在一個格紋手提箱裡的樣子。

就在確認完狀況的瞬間，我的身體便反射性地做出行動——

「呀……！」

用手摀住莎拉差點要大叫的嘴巴，把手槍抵在她銀髮底下的太陽穴上，並繞到她背後，抱住她的身體。

「雖然在荷蘭還有一筆帳還沒算——不過還是請妳原諒我突然這麼失禮吧。莎拉是個聰明的女孩，我想妳應該能明白自己不要發出太大的聲音會比較好。」

聽到我在耳邊呢喃的莎拉……

「……應該已經死的男人，金次……」

用稍微比蕾姬多了一點感情、但還是很缺乏抑揚頓挫的聲音發出呻吟。

「可以拜託妳不要那樣稱呼我嗎？雖然我的確死過一次，但現在還活著啊。然後呢？妳在做什麼？」

在姿勢上感覺這邊還比較像壞人的我，如此詢問莎拉。

於是莎拉搖曳柔順的秀髮，稍微轉頭看向我：

「因為極東戰役好像已經結束了，所以我就找了一份新工作。」

人類只要被槍口抵住頭，就會變得老實，因此莎拉乖乖回答我了。唉呀，雖然我就算被槍抵著頭，甚至被開槍，都不會變老實就是了啦。

「原來如此。這片黑雲跟濃霧，都是莎拉的傑作是吧？」

「對。」

的確，那群鬼感覺應該沒辦法進行遠距離戰鬥，因此會雇用弓箭手也不難理解。

「為什麼妳會想當鬼的傭兵？」

「錢。」

莎拉半瞇著藍色的眼睛，回應了我一句簡潔有力的答案。

話說回來，像這樣緊密接觸就可以知道……這女孩的頭髮，好香啊。聞起來像萊姆的香氣。我就稍微補充一下爆發燃料好了。

「恕我失禮問一下，莎拉妳……很缺錢嗎？」

為了順便找出拉攏這個女孩的方法，我稍微問了一點比較私密的事情。

「不。可是錢不管有多少都不夠。」

「呃……那樣的想法我不是很贊同喔。俗話說要知足知止……」

「將賺來的錢分給貧困的人就是漢家的家業。在窮人消失之前，我的戰爭都不會結束。我是專業人士，不會在意雇主的人種或思想。只要誰能多付一英鎊的報酬我就跟隨誰，為了工作就算是貴族或牧師也照樣會射殺。金次是武偵，武偵應該也是一樣。」

「……是、沒錯啦……」

我原本想要說教的，卻短短十五秒就被年紀比較小的傢伙駁倒啦。

看來即使在爆發模式之下，我依然對女孩子很弱呢。

「那……假設我可以付得更多，妳願意跟隨我嗎？雖然付錢的人是亞莉亞啦，不過稍微讓我參考一下，妳大概要多少錢？」

「我不信任現金。二十四K金，純度百分之九十九點九九以上的金塊，六十公斤。」

「六、六十公斤……呃，大概兩億日圓？簡直就是超一流足球選手的身價……會不會太高了一點……」

「我不在乎市場的公定價。不能立刻答應就當場談判破裂。而且就算金次可以付七十公斤，我也不會接受背叛雇主的雙重契約。信用比錢重要。我不會背叛。」

「……我老弟有在經營農業。讓他幫妳弄一片吃也吃不完的高級青花菜田怎麼樣？」

莎拉的身體抖了一下。

「我不會背叛。」

「妳剛才猶豫了一下對吧？」

「根本不能確定你說的話是不是真的。我不相信別人說的話，只相信自己親眼看到的東西。」

不管怎麼說……從莎拉剛才一連串的發言聽起來……

可以知道她有自己獨自的一套專業意識。真是頑固啊。雖然狙擊手本來就有很多這種類型的人。

看來我沒辦法讓這女孩背叛轉向我這邊來了。

「被鬼雇用的人只有莎拉而已嗎？」

「……」

「回答我。」

「嗯。」

太好啦。我還在想說如果連妖刕跟魔劍也在，事情就棘手了。

「──金次。金次可以放開我沒關係。」

「什麼意思？」

「我沒有接到射殺金次的正式命令。我是專業人士，不做沒有被命令的事情。」

在龍之港，閻也說過類似的話。

大概莎拉跟那群鬼就是在這種一本正經的個性上產生共鳴的吧？

「雖然我不是要反擊剛才莎拉沒有相信我的事情，但很抱歉，我無法信任妳這句話。」

我說著，再次把槍口抵在莎拉的銀髮上。不過——

……這下傷腦筋了。

要是我放開莎拉，就會被她拉開距離。那樣一來，弓箭就很可怕。雖然弓箭在機艙內不好使用，但所謂的代表戰士就是有辦法顛覆這樣的常識。

因此——

我保持槍口對準莎拉，並且將手伸向格紋手提箱，「啪！啪！」打開扣鎖。

果不其然，裡面裝的就是經過拆解的西洋長弓……那似乎是一把構造單純的裸弓，只有握把與上下兩根弓臂。於是我拿起其中一邊的弓臂。

「你……你想做什麼？」

看到我這麼做的莎拉讓原本就很白的臉蛋變得更蒼白，用力睜大藍色的眼睛。

「嗯？丟掉啊。」

丟棄敵人的武器進行武裝解除是非常理所當然的事情，因此我若無其事地回答後……

「嗚哇啊啊啊啊！」

明明被手槍瞄準的莎拉，竟然含著淚水撲過來了。

然後，咚咚咚！

「還我。還我。」

這次臉蛋又變紅起來，用亞莉亞一千分之一的威力連續捶打我的胸口。剛才明明還很冷漠的，現在忽然變得超級拚命。

看來這把弓，對她來說是非常重要的東西。

總覺得……莫名有種……做了什麼壞事的感覺呢。

「啊～那就換這個吧。反正這是用完就丟的東西，還可以再做吧？」

覺得哭泣的莎拉很可憐的我，將弓的零件放回手提箱中，然後從箭筒中抽出全部的箭矢。

結果莎拉……唔唔唔唔……

將原本就已經有點「ㄟ」字型的嘴巴凹成「Λ」字型，露出不滿的表情……

不過還是默默看著我稍微打開窗戶，把箭矢全部丟到機外了。

「好啦，接下來我還有一點事情要拜託莎拉，可以嗎？」

我如此說著，再次轉身看向莎拉。結果莎拉這次露出驚訝的表情——縮到牆角邊了。

「你、你敢做什麼怪事，我就咬你。」

「不是啦。我是要妳當我的人質。來，把手舉高吧。」

雖然就算把傭兵抓來當人質，對那些鬼來說應該也沒什麼用……但有人質總比沒有好。

這樣想的我，用槍引導莎拉舉高雙手後——因為她穿的似乎不是防彈服，於是把槍口抵在她的背上，讓她輕輕「呀」了一聲。

然後……

「哦哦，對了。再讓我問妳一件事。」

「什麼？」

「我臉上又出現死相了嗎？」

聽到我的詢問——

「你欺負我，我才不回答你。」

莎拉甩動銀髮微微回頭，對我吐了一下舌頭。

獲得人質後，我繼續走在主翼的走廊上……

來到從富嶽機翼通往機身的門前。

門上的金雕裝飾——還真是獨特啊。明明像日本的浮世繪一樣刻有鬼，可是色彩跟背景之類的卻是非洲風格。

不過這就是所謂的地獄之門了。畢竟門的另一側有鬼啊。

而且還有笑聲傳出來，感覺就像關有猛獸的籠子一樣充滿危險的氣氛。

雖然據點入侵任務我只有受過對付人類的訓練，但如果遵循那個訓練——我首先要把莎拉當成肉盾，大聲衝入門內，趁敵人還沒搞清楚狀況之前，確認對手的人數、武裝與位置關係……對吧？

即使富嶽機身內是我很難想像的空間，不過我還是預測了幾個狀況後——用力踹開門板，推著莎拉衝進門內。

「——不……！」

我本來是想大叫『不許動！』的，可是……我的臉卻忽然埋入某種柔軟的東西中，發不出聲音了。

（這是什麼……？）

我用沒握手槍的左手抓住那東西，從臉前推開——

「……！」

這、這、這不是胸部嗎……！女性的！

而且、還非常、大……！

要說到胸部相當於我臉部高度的高身女鬼就是——

「？」

……果然……！

閻打從心底感到奇怪地低頭看著我……！而且不知道為什麼，身上竟然穿著藍領、白上衣的舊式水手服。

而我的手，現在就是用力抓著她的右胸啊。

雖然這樣講很失禮，不過閻果然是個女性呢。

原來不管肌肉再怎麼發達，女性的胸部還是很柔軟的。像即使平坦但還是擁有柔軟小山的亞莉亞也是一樣，看來女性的胸部不管怎麼樣都要很軟的樣子。

「……遠山？」

「抱、抱歉！」

我慌張地放開當場呆住的閻……不知不覺間，莎拉就不見了。

而莎拉逃往的空間——

是幾乎使用了整個富嶽機體上半部分的大房間。連駕駛座都被打通，只有幾根為了保持強度用的柱子而已。

地板上鋪著感覺是非洲產的蘆葦染成綠、黃、紅色後編成像草蓆一樣的東西。

「遠、遠、遠、遠山……！你、你這傢伙……竟然對閻姊做這麼羨……不對、沒禮貌的事情……！」

擋在莎拉面前保護著她、用充滿血絲的眼睛瞪著我的是——津羽鬼。

她穿著跟剛才一樣的黑色水手服，不知道為了什麼事情氣得顫抖著肩膀、露出尖齒。

至於因為我的肢體觸碰而受害的那位閻姊則是……

「遠山！這不是遠山嗎？余雖然有看到汝與穿著奇妙草裙的亞莉亞飛在天上……萬萬沒有想到，汝竟然就這樣飛到富嶽上，實在大膽！哇哈哈！」

「碰碰碰！」地拍著我的肩膀……大笑起來。

我本來以為她會生氣的，可是這感覺反而心情不錯的樣子。

不過，我很快就知道原因了。是酒臭。從閻身上，還有這間大房間中。地板上有幾張閃亮亮的坐墊，周圍散亂地放著大關清酒的空罐子與大五郎的空紙包，以及很大的紅色日式酒杯。

看來那些應該都是被閻她們這群鬼喝光的吧？

津羽鬼的身邊也放有威士忌的酒瓶，另外——還有一隻躲在大甕中只露出半顆頭、臉上戴著眼鏡的女鬼……在甕口邊緣上也可以看到白蘭地的瓶子。

（這些傢伙……在開酒宴嗎？）

在雙座式的駕駛座上，有一對看起來應該是機長與副機長的雙胞胎女鬼，身上穿著像女國中生一樣的背心裙制服，嘴上也含著酒瓶轉過頭來。太誇張了，竟然酒後駕駛富嶽啊。

另外——在房間深處，是霸美。

那個小不點女鬼，坐在靠近機尾的一張像大魔王寶座的椅子上。

在宮女鬼們的侍奉下，身穿女童水手服的霸美翹著腳，「咕嚕咕嚕」地灌著大吟釀的樽酒……背後靠在一座巨大的地球儀上，地球儀的旁邊還有一把斧頭。

在地球儀上插著兩根交叉的旗子，上面分別是——

變形的一個『無』字，以及……日本的、家紋……？

是看起來像瓜類剖面的『木瓜紋』。不過並不是普通的木瓜，而是五瓜紋，有點少見呢。

「館主大人非常喜歡穿衣服。她見到日本市街上的學生，相當中意，因此將那些學生衣服賜給余等了。不過，汝……從一開始就穿著呢。」

閻咧嘴一笑，從近距離仔細觀察著我身上的制服。

「……閻、閻姊！請不要把您美麗的臉龐那麼靠近男人呀……很髒的。」

津羽鬼表現出慌張的樣子，說得我像是什麼髒東西一樣。真是太失禮了。

雖然我搞不清楚這些鬼的腦中究竟在想什麼，不過……

她們因為喝了酒的關係，氣氛相對上比較放鬆的樣子。感覺並不會立刻把我圍起來痛打一頓，算我運氣好。

而且，要我一個人對付她們所有人，並不是聰明的做法。

經過在荷蘭與便利商店的小試身手就知道，我即使在爆發模式之下，與閻認真對打也會三次中輸兩次，與津羽鬼打三次中輸一次。

就算把她們兩人分開，我的預測勝率也只有兩成二。兩人同時上的話，數值更是絕望。而且周圍還有其他的鬼，大將．霸美也不容小覷。之前對付孫的經驗就已經讓我明白了，如果因為對方嬌小就看不起，下場會很慘的。

因此，我趁著對方的氣氛還算溫和的時候──

「霸美，我是來對妳稍微說教一下的。」

──試著能不能透過交涉談判拿回在她們手上最重要的東西。

「嗯？」

連語言說不說得通都不太確定的小霸美……

搔一搔裝飾著鮮花的紅銅色秀髮，用喝醉的眼神看著我。

「妳這樣不可以喔。竟然把女性身上的東西搶走之後逃掉。」

「你在說什麼，霸美，不知道。」

看來用日文多少可以溝通的樣子。或許霸美只是不太會講話而已。

「──就是亞莉亞的殼金啦。妳應該記得吧？去年十月一日，妳在東京的空地島上從亞莉亞身上搶走了。」

「嗯～」

霸美將視線轉向斜上方，用食指抵著櫻桃紅色的嘴脣上，沉思了一下後……

「哦～！」

大概是想起來了，而露出利齒一笑，再度轉頭看向我。

「聽好囉，霸美。亞莉亞是我的東西，所以亞莉亞的一部分當然也是我的東西。而霸美就是把我的東西搶走了啊。」

因為這是談判，所以始終保持著對等關係的我──

──忽然被一把發出藍色光澤的丁子刃日本刀抵在身上。速度快到我完全沒有發現。

「即使是在不講客套的宴席上，你也太囂張了。這可是在第六天魔王・霸美大人的御前，給我克制點。」

不知不覺間——津羽鬼就插入我與閻之間，對我拔刀了。

但這種程度的威脅，在武偵高中根本稀鬆平常，我不會因此亂了自己的步調。那個什麼什麼大魔王？之類像暴走族的頭銜，對我而言也太陳腐了。

「呃～金次！所以你、什麼意思？」

霸美也催促我繼續說下去，因此……

「把殼金還來。」

我也把我方的要求說出來了。

結果……剛才還在搧動著羽扇、按摩著霸美手腳的鬼宮女們，忽然露出了有點緊張的表情。

雖然她們四人跟閻或津羽鬼不一樣，感覺不是戰鬥類型的鬼……

不過還是微微站出身子，來到可以保護霸美的位置。

「遠山，那東西在霸美大人的腹中，也就是鬼袋。汝方才的發言，是要危害霸美大人的意思嗎？」

閻沙啞的聲音也變得低沉，似乎不太開心的樣子……

不過重要的東西就在眼前，我也不可能就這樣乖乖打道回府啊。

而且閻剛才提供了我一個很好的情報。原來殼金就在霸美的肚子裡是嗎？

還好我剛才沒有馬上退縮。即使沒辦法立刻得到想要的結果，所謂的談判就是表現得越強勢，越能得到逼近核心的情報呢。

「我才不管什麼鬼袋還是池袋，吐出來不就行了？那可不是什麼食物啊。」

聽到我在魔王大人面前說出這種話——

「——霸美大人，請下令討伐。這傢伙的言行已經太超過了。」

津羽鬼就像對老師告狀的學生一樣，對霸美如此說道。

「啊～那麼，閻，動手。津羽鬼打架，看不清楚，霸美覺得不有趣。」

於是霸美提出指示，不是指定津羽鬼，而是指定閻出場了。

「——遵命。」

閻簡短回應後，收起剛才為止醉醺醺的態度。

「閻姊……」

「津羽鬼，退下。汝與遠山打鬥，不小心可能會被傷到。余可不願見到汝稍有受傷啊。」

閻說著，用帥氣的表情看向津羽鬼。

結果到剛才還想揮刀砍我的津羽鬼就露出陶醉的表情看著閻的臉……把刀收起來後，乖乖退到牆邊跪坐在地上了。果然，只要是等級比較高的閻說的話，她就會乖乖聽呢。

「好！好！閻，快打。把遠山的頭，拔下來。骷髏，當酒杯。啊哈哈！」

霸美則是用力拍手、擺動雙腳教唆著閻。

像這樣靠近觀察，就越讓我覺得……

霸美真是個很難應付的對手啊。她跟理子、貞德、弗拉德、希爾達、佩特拉、夏洛克、昭昭、GⅢ……都不一樣，是完全不同文化、不同種族的敵人。讓我無法看出她的想法。

雖然我的最終目標終究是搶回殼金……

（不過要從她手中搶回來，感覺並不簡單的樣子。）

但現在比起霸美，我還是先想辦法對付眼前的閻吧。這也是為了教訓一下超商強盜的主嫌啊。

不管怎麼說，能夠得到一對一戰鬥、削減對手戰力的機會，對我來說都是件好事。

我就先打倒閻，接下來——再看狀況吧。

「——從富嶽掉下去的，就輸！」

女鬼霸美開心地說出像鬼一樣的比賽規則。

還真是沒有計畫性啊。要是我掉下去，不就沒辦法用頭骨做酒杯了嗎？雖然她如果真的拿我的頭骨做酒杯我也很困擾啦。

「了解，我接受挑戰。相對地，如果我贏的話，就把殼金還給我。」

雖然我並不認為只要我贏了她就會乖乖把東西還給我，不過我還是姑且單方面地提出我方的條件——

然後重新抬頭看向一開始就完全在攻擊範圍內的閻。

外觀像格鬥遊戲的角色一樣、意外適合水手服的閻——

不管看幾次，都好巨大啊。把犄角算在內的話，少說也有一百九十公分。

「——汝之所願，強，即可實現。這個世界，講究的是力量。」

閻用簡短的話語回應想要殼金的我。

唯力量論者是嗎？她明明就說過自己跟希爾達不一樣，但這方面的主張看來是鬼之間共通的想法。

低頭瞪著我的閻，抬頭瞪著閻的我。

像這樣比試眼力，就覺得——

哦～可怕可怕。真不愧是鬼啊。

正當我這樣想的時候，閻彷彿忽然想到什麼似地吊起一邊眉頭。

「余正想說汝的長相似曾見過，原來是跟攝津守殿下有幾分相似……不，是極為相似，有如同個模子印出來的。」

「攝津守？」

「就是殺害余之祖先．酒呑大人的仇人，清和源氏的賴光殿下呀。唔……遠山，汝可是遠山金四郎景元殿下的後裔？」

「……是啊，景元就是我家老祖宗沒錯。那又怎樣？」

「哇哈哈！怪不得。或許加藤氏透過賴義殿下，祕密收了賴光殿下的孩子也說不定啊。」

閻莫名其妙自己一個人開心起來……但她所說的『加藤氏』……當中名叫加藤景員

的武將，是平安末期到鎌倉初期的遠山家祖先。我是知道景員當時幫助源氏戰鬥的事情，不過閻所說的話聽起來似乎這部分也牽扯到親緣關係的樣子。

「賴光公討伐了酒吞大人與土蜘蛛，而汝也是討伐了德古拉女伯爵與九龍猴王的強者。這想必是千年隔世的宿命。如今能與汝相對，這緣分實在有趣。」

看到閻開心得咧嘴一笑——

「一個人的上一代有兩人，祖父母代有四人，再上去有八、十六、三十二、六十四——所謂的祖先，是以指數增加上去的。往上追溯到千年，人數都可逼近天文數字。就算當中有誰是你祖先的仇人，又有什麼好計較的？雖然動手的一方講這種話也很奇怪啦。」

「非也，這場戰鬥可謂是為親報仇。大家說對吧！」

閻對周圍如此一說，在場的鬼便——「沒錯！」「沒錯！」地大聲附和，用酒瓶敲打桌面，用腳掌踏著地板，大肆起鬨。

總覺得我在這裡已經確定被當成惡棍角色了呢。

就連莎拉也跟著周圍一起半瞇著眼睛對我發出噓聲。這件事跟妳沒關係吧？

「——鬼也分成很多種，而余等一族並不像人類會結婚，也沒有誰是誰的父母這種想法。只要先出生，都是祖先。只要後出生，皆是後代。以人類的比喻來說，余與汝就像上一代對峙過的宿命之敵啊。」

「呃……我基於生物學、文化學上的興趣問個問題。閻妳們這一族是怎麼傳宗接代的啊？總覺得大家看起來好像都是女性……」

「當世，余等緋鬼出生時皆為女性。人類有句俗語說『鬼至十八』（註6），鬼成長至十八歲便不會繼續老化——當各自差異甚大的壽命到了晚年期，在戰鬥中特別強的鬼就會轉換性別，在其他鬼腹中留下後代死去。」

……超、超強的，原來是雌性先熟的物種啊。

但這種生存策略在生物界中其實也很常見。在生物課上學到的例子雖然都是魚類，不過像隆頭魚、鸚嘴魚、美擬鱸就是這樣。

明明她們從外觀上看來，應該是從人類分化出去的物種才對的說……

怪不得，會這麼**強**啊。

根據剛才的說明，會變成男性留下子孫的鬼，只有戰鬥能力特別高的個體。只有強力的遺傳基因經過篩選殘留下來，在經過幾代累積——後面的世代只會越來越強，不知不覺間就會變成只有一堆強者的種族了。

雖然連閻本人也不清楚那個叫『酒吞』的鬼是不是閻的上一代，不過在像閻這樣長壽、又進行亂婚的鬼族文化中——既然不知道誰是誰的父母，似乎就把祖先全部都當成父母尊敬的樣子。

註6日本俗語，原意指再潑辣的小女孩，長到十八歲也會讓人改觀，類似中文諺語「女大十八變」。

而既然那個叫賴光的人殺了酒吞，被視為後代的我VS.閻的這場對決，翻譯成人類文化來講就是『跨越親子兩代的宿命對決』了吧？對她們的文化來說的話啦。

「當時余雖然只是五歲的童鬼，不過也在樹後親眼見到賴光殿下討伐了酒吞大人的那一幕。」

閻「轟！」地踏出沉重的步伐，逼近我面前——

距離幾乎只剩零了。

她接著挺起胸膛、雙手扠腰，擺出勇猛對峙的姿勢。

「賴光殿下當時用了兩項不外傳的奧義，殺了酒吞大人。」

「那應該就不算不外傳的招式了。因為他即使被看到也沒殺了閻啊。」

我幾乎是抬頭看著正上方，與閻繼續互瞪著。

「非也。賴光殿下的確抓住了看到招式的余——卻看余年紀幼小，便放過了余。」

哦~看來那個叫賴光的明明是強到可以斬殺鬼的超人，也還是有惻隱之心的樣子。

就因為他把鬼的小孩放走，害廿一世紀的我遇到大麻煩啦。

「被區區人類放過一馬，乃生涯恥辱。今晚就讓余來雪恥。」

狼牙棒——金剛六角現在不在閻的手上。

而是放在她剛才喝酒時坐的位子旁邊。

就在我確認完這件事情的時候……

「喂，閻，快點。」

霸美喝著酒催促起來。於是——

「遵命。」

閻回應一句後……

「——『羅剎』。」

說時遲那時快——砰磅————！

毫無預備動作，就對著我推出一掌了。

掌心陷入我的胸口中心、中央極深處。

這就是閻第一次**認真的一擊**。

在驚人的速度與威力下，橘花的對應不完全的我——

（——嗚——！）

——發現自己的心臟在一瞬間停止了。

——肺也是。

心肺、同時、停止下來。

光靠一招，就讓我站著的身體——

……**突然喪命了**……！

（……嗚……！）

——碰——！

情急之下使出的『回天』，及時趕上去顫——

……嗚……

「——吁……呼、呼……」

差點往後倒下的我退後一步的同時，心臟透過之前在荷蘭喪命時使用過的招式恢復了跳動。緊接著，呼吸也恢復自然。

好、好險啊。

雖然只有短短一瞬間，但我又被殺掉啦。

她剛才那招……毫無疑問是一擊必殺的招式。

就像練習棒球中的小孩被球擊中胸部後突然死亡的案例，人類的心臟受到特定角度、範圍、威力的非穿透性衝擊——就會因為**震動**引發稱為『心臟震盪』的致死性心律不整，瞬間停止心跳。

——而所謂的『羅剎』，就是刻意引發這個症狀的毆打技。

另外還會用剩餘的威力引發橫膈膜震盪，讓呼吸也跟著停止。

簡單來講，就是『讓敵人心肺停止的招式』。

雖然乍看之下似乎很粗魯，但實際上相當纖細——是名副其實的**必殺技**。

不過，我也不是第一次喪命。

就算被對手的必殺技殺掉，只要再復活就沒問題了。像格鬥電玩中的角色，只是被必殺技打中也不會當場ＧＡＭＥ　ＯＶＥＲ啊。

我對已經變得要拿電玩角色才能形容的自己感到悲哀的同時……

也察覺到自己現在獲得了垂死爆發的力量。

閻，看來妳殺掉我反而害了自己呢。遠山金次是個越殺就會變得越強的對手，所以妳接下來還是不要再殺掉我會比較好喔？

就在閻看到我復活而瞪大眼睛的時候，我往前踏出剛才後退的那一步——

「——羅剎——！」

有樣學樣地放出剛才靠爆發模式下的視力看到的招式。而且毫無警告。

——砰磅————！

我的右掌從閻的胸骨下朝著心臟的位置推出，可是……

這觸感。

跟擊中人類肉體時的感覺完全不同。

簡直就像礦山自卸車巨大的輪胎一樣，又硬又重。鬼的肌肉纖維密度根本不是人類可以比擬的。明明乳房就那麼柔軟的說。

原本就在想應該不會那麼順利的我，使出的羅剎果然在閻的肌肉鎧甲保護下沒辦法達到心肺停止的程度——

「——嗯、唔……！」

閻只是像在忍耐從胃袋倒灌上來的酒，緊緊閉著嘴巴……往後退了一、兩步。

看到這個情境，機內的鬼們——除了大聲爆笑的霸美之外——都「嗚哇！」「閻姊！」地發出驚訝的聲音。津羽鬼甚至用雙手掩著嘴巴，發出尖叫聲了。

可見拿出真本事的閻被對手壓制的畫面有多稀奇。

「有什麼好驚訝的？退後幾步這種事，誰都難免吧。」

雖然我眼睛瞪著閻，嘴上說出取笑那些鬼慌張樣子的大話。不過——

我剛才的羅剎，其實是失敗的。別說是心肺停止，我連讓閻吐出來都沒做到啊。

閻「碰！」一聲站穩腳步後……

「了得。」

「彼此彼此。」

跟我簡短對話了一下。

「……剛才那招羅剎，正是賴光殿下討伐酒吞大人的招式之一。原來也有傳承給遠山啊。」

「不，我並沒有學到這種東西。果然我並不是那個人的子孫吧？」

畢竟我只後退一步，閻後退兩步，偷學了一招的我是很想就這樣判我得分勝利啦……

但是閻似乎沒那打算，又再次與肩同寬地站穩雙腳，表現得一點事都沒有。為她加油的那群鬼也在大聲起鬨。

而且剛才這招根本不能對人類使用，是個無用的招式啊。因為武偵法的關係。

既然如此，我至少再見識她一招後，贏過她吧。

「——接下來我也可以用羅剎殺了妳喔？反正看起來只需要調整一下威力就可以

了。」

這只是在嚇唬閻，我應該是沒辦法用羅剎打倒她……不過我還是稍微威脅了她一下……

「余不畏死，畢竟在地獄似乎也有鬼呀。」

但看來一點都沒嚇到她的樣子。

「是喔，那抱歉，剛才那是我唬妳的。畢竟我也不想殺害女性。」

「余本來也不好殺生，因為那樣只會增加地獄那些鬼的工作。然而，汝要另當別論。將汝送到地獄，想必他們也會開心啊。」

唉……

連地獄都被算成是異世界之一啦。

正當我原本就很陰沉的臉變得更陰沉的時候——

「那麼……海上未了之戰，這次就在天空上做出一個了斷吧……」

閻把狼牙棒・金剛六角撿起來，用右手架在身旁。

另外，手指張開呈鉤爪狀的左手也伸到一旁，犄角對著我，嘴角也露出尖牙。

也就是以前那個跟人類格鬥技相去甚遠的架式——

以利爪撕裂、尖牙狠咬、犄角突刺為前提的鬼族格鬥架式。

相對地，我則是把當成最後王牌的沙漠之鷹從腋下槍套中拔出來。

停戰後眷屬歸還給我的這把手槍，使用的是一般手槍子彈中最強的.50AE彈。經過平賀同學改造為雙動／單動複合手槍，雖然裝彈數只有七枚，不過也能進行全自動射擊。是剛好也被稱為『鬼檢察官』的——我老爸遺留下來的作弊手槍。

不過，這次的對手是存在本身就很作弊的鬼。就好像獵人需要用槍才總算可以跟大象或棕熊平等對峙一樣，面對手握狼牙棒的閻，我並不覺得自己拿槍有多卑鄙。

——碰！閻用幾乎快把地板踏凹的力道一蹬，朝我快速撲來——

磅磅磅磅磅磅磅！我則是讓 .50AE 彈伴隨震盪機艙的巨大轟響，全數發射迎擊。

閻揮舞狼牙棒擋開子彈，或是避身閃開，但是並沒有把子彈徒手抓下來。

在跳彈宛如彈珠檯一樣亂彈的機艙中，我瞄準失去平衡的閻的脖子——

——碰！

使出據說源自非洲的格鬥技·卡波耶拉的直升機踢擊——也就是人體能夠發揮出最大破壞力的招式之一，單手倒立迴旋踢。

打算以力制力，利用反擊踢出的這一腳——還是——沒用。

除了體重差異之外，更重要的是我在肌肉力量上就輸給對方了。

即使踢得再怎麼漂亮，貓咪的一腳還是踢不倒老虎。人類與鬼之間的體力差距實在太懸殊了。

我用光一個大口徑子彈彈匣，好不容易製造出的絕佳機會……就這樣白費了。

相對地，閻則是「喀嚓！」一聲發出像大型工具的聲響，咬向我的腳。

我在千鈞一髮之際躲開她的嘴巴。要是被她咬到，我的小腿現在應該連肉帶骨一起被咬碎了吧？

緊接著，「唰！」一聲像猛牛一樣甩過來的頭部——這次換成犄角了。瞄準的同樣是我的腳。看來在速度上輸給我爆發模式的閻，打算要先封鎖我的機動能力的樣子。

我雖然也成功躲過她這一招，但卻因此不得不在她手腳的射程範圍內落地了。

「——哈哈哈！讓余嘗嘗看武士的肉吧！」

緊接著又是猛咬追擊——！喀嚓！喀嚓！唰！轟！

宛如舞獅的連續咬合，像十字鎬一樣尖銳的犄角，像刀刃一樣的利爪……！

只能不斷閃避的我眼前，一擊就足以造成致命傷的四連擊劃破空氣。

看穿我的格鬥術沒有超出對人戰鬥領域的閻，積極使用鬼族專有的招式對我使出攻擊。而出招動作必定會很大的狼牙棒，卻始終都沒有使用。她應該是打算先封鎖我的行動，最後一棒打死我吧？

即使我看出了閻的作戰策略——

還是只能不斷反覆著迴避、後退、再迴避。

完全抓不到反擊的機會。

（——眼睛……！）

我孤注一擲地打算用右手瞄準閻的眼球，使出二本貫手，但還是不行——為了擋住閻朝著我的頸動脈揮出的利爪，我的右手不得不轉為防守了。

碰！就在我反射性地用右手擋下閻的手臂時——喀嚓！

——不妙……！

被、咬住了……！

人之所以在進行格鬥技時能夠瞬間出招，靠的是身體對招式的記憶。但是這個記憶，並不包含對付鬼的前提。

因此，我不小心就——犯下了用自己的手臂擋下鬼的手臂這種失誤了。

「……嗚！」

「……？」

咬住我袖子底下的大蛇改的閻，雖然察覺到『原來在裡面藏了甲冑』，但是……卻依然不以為意地用足以匹敵鱷魚的咬合力道打算就這樣把我的手臂咬斷。

即使是塗了氧化鈦、利用碳化鎢與鈷製成的超硬合金——面對閻的尖牙也承受不住了。閻的下顎產生的咬合力道，簡直就像重機械一樣。再這樣下去，大蛇改遲早會被她咬破。我必須快點想想辦法——

——然而，先使出下一招的，竟然是閻。

「……！」

她「唰！」一把抓住了我的左手臂。

利爪當場陷入我左手的大蛇。從『軋、軋軋……』的聲音就可以聽得出來，閻靠握力也能粉碎鈷合金。這下糟了……！

相對於被尖牙與利爪封鎖雙手的我——

——閻的右手是完全自由的。而那手上，就握著金剛六角……該死——要來了！

轟嗡嗡嗡嗡嗡嗡嗡嗡嗡嗡嗡嗡嗡！

伴隨宛如虎式戰車88mm砲的轟響，用力揮過來的狼牙棒——

當場把我朝後方擊飛出去，讓我的視野甚至搞不清楚上下左右了。

「——嗚！」

隨著「磅！」一聲巨響，隨之而來的是被氣流颳掃的體感——「碰！」一聲全身趴倒緊抓的地板——是深綠色的鋼板。呼吸——忽然變得難受起來。

當我回過神的時候，發現身旁就是發出轟響的巨大螺旋槳。

看來我被狼牙棒像棒球一樣擊飛出去後，當場撞破了機身牆壁，現在落在右側機翼上的樣子。手臂、手臂……沒、沒事。雖然大蛇改變得破破爛爛，不過雙手都還接在我的身上。

在我察覺這些狀況之前，有一段短暫的朦朧——

忽然，機翼宛如一艘巨船似地傾斜了。大概是為了把我甩下去，朝右側大大傾斜。

（……唔……！）

再加上螺旋槳產生的氣流——讓我當場往下滑倒。

我就像在盤子上的彈珠一樣不斷滾動，不過多虧富嶽的機翼很巨大的關係……讓我總算可以靠鞋子彈出的鉤爪剎車，沒有順勢墜落下去。

鬼粗暴的操縱方式，讓機身傾斜得差點就要失速。機翼明顯彎曲，到處發出

「軋……軋軋……！」的聲響。

而且這裡是在雲層中，無論地面或天上的星星都看不到。

我的三半規管變得異常，漸漸失去平衡感了。

不過……

（飛在空中的狀況……我已經在GⅢ的加利恩跟卡羯的齊柏林號上習慣了。現在我甚至應該要把閻引誘出來才對……！）

這樣想的我，緊抓著機翼不斷忍耐。最後果然如我的計畫……

光腳的閻踏著爪子走出來了。

從被我撞破的機身破洞，來到機翼上。

「說實話，余相當驚訝。沒想到靠羅剎跟金剛六角都殺不死汝呀。」

不不不，我的確死了啦！現在也快死了啦！

雖然我很想這樣說，但也怕閻又用羅剎或狼牙棒攻擊，只好苦笑回應了。

閻用豎起的腳趾抓著鋼板，在機翼上一步一步朝我走過來……

在機內的那群鬼各個表情緊張地看著閻、為她加油，只有霸美端著酒、咧嘴笑著。

「然而，終究只是人類。實力也沒嘴上說得厲害，實在讓余失望。」

「妳那樣想？那真是抱歉了，因為我有手下留情啊。畢竟面對的是一名女性。」

我在亂流的吹颳下，在傾斜的機翼上站起身子。

「哦……那還真是……」

閻稍微笑了一下後……

「毋須客氣，全力放馬過來吧。」

像打擊者在預告全壘打似的，把金剛六角舉起來對著我的方向。

唉呀，要比力氣我的確是比不過她啦……

不過接下來就來比腦筋、比技巧吧。

從戰鬥方式跟言行舉止就可以知道——閻相當自信過剩。而且個性非常率直，講難聽一點就是過分老實了。

因此，她應該是很容易露出破綻的類型。

以這一點為前提，簡單擬定出作戰策略的我……為了跟閻再拉開一些距離，於是用換好彈匣的沙漠之鷹開槍，同時往機翼末端後退。

用狼牙棒與手掌擋下子彈的閻，暫時停止前進……

而我雖然因為氣流的關係沒能往正後方倒退，不過還是拉出足夠的距離了。

接著，我……唰、唰！

將左膝往前伸出，將剛才差點被咬的右腳往後踏。

右守則是握拳從腰部往後縮，左手開掌往前伸，在視覺上遮住右拳。

最後將身體往前彎，雙眼凝視著閻——

這個像古代短跑選手起跑的姿勢，正是GⅢ在加利恩的機翼上讓我看過的『流星』架式，也就是『櫻花』的架式。

雖然大蛇改已經半毀，但應該至少可以承受一發櫻花才對。

閻似乎也察覺出我這是往前衝刺攻擊的架式……不過她並沒有預測出我下個瞬間做出來的行動。

我皺起眉頭，看向位於斜上方的機首。故意把視線從閻身上移開。

不過，那裡其實什麼都沒有。

只有呈現漩渦狀往後流動的雲而已。

像這樣，換作是武藤或亞莉亞絕對不會上當的視線誘導……

「……？」

個性單純的閻卻輕易受騙了。

她被我引誘，抬頭看向斜上方的天空。

趁這個機會——「唰！」一聲讓大蛇改從手甲中彈出來的我——

碰！利用甚至讓右機翼產生震動的起跑衝刺，製造連貫櫻花的速度。

在寬廣的機翼上，這樣一段助跑距離已經相當充分了。足夠讓我使出超音速的一擊，也就是「真櫻花」。

閻發現自己受騙而趕緊把頭轉回來，但她已經躲不開了。

櫻花一旦起跑就不會停止，只會一直線地刺向對手。

利用爆發模式下的骨骼、肌肉連動產生的衝刺，連我自己都不可能停下來。

察覺自己已經沒時間閃躲，也沒時間反擊的閻——

像棍術一樣架起狼牙棒。她只能這樣做了。

然而，在零點零幾秒的世界中——我發現了一件事。

（取得……平衡了？）

閣的身體現在的重心在全身的中心、中央。

這架式是——

（——絕牢——！）

這下不用問也知道了。

賴光討伐酒吞時使用的那兩招絕不外傳的奧義，其中之一就是……

遠山家代代相傳的絕對反擊技，『絕牢』啊！

不行。

照這樣下去，只會像在加利恩的機翼上一樣——

只會重現我跟GⅢ的那場戰鬥了。

當時面對使用流星攻擊的GⅢ，用絕牢反擊的人就是我。

可是，現在擊出櫻花的我，跟當時的立場完全相反。

我正自己製造出透過絕牢殺死自己的力道，而且無法取消！櫻花是沒辦法停下來的！該怎麼辦——！

（——櫻花——！）

往前擊出的手臂，從延伸到手指的大蛇改裝甲表面……磅——

出現宛如櫻花結束生命時散落的花瓣似的圓錐體蒸氣——

——砰磅磅磅磅磅磅磅磅磅——！

我的大蛇改與閻的金剛六角互相撞擊，散出激烈的火花，讓兩人之間彷彿出現太陽一樣產生耀眼的閃光。軋軋軋軋軋——我的櫻花削破、折彎金剛六角的同時——漸漸被帶向左側。

閻的金黃色雙眼在彷彿從熔礦爐中爆出的火花照耀下閃閃發光……在爆發模式的超級慢動作世界中，我看到她像在跳舞一樣原地旋轉，宛如一扇迴轉門。

……果然是絕牢……！

迴轉九十度——轉向側面的閻用流暢的動作繼續旋轉，同時放開被我破壞的金剛六角。身體微微浮在空中。

迴轉一百二十度——我知道了，閻準備拿來反擊的，是彎起來蓄積力道的右腳——！閻打算在空中迴轉一百八十度後，用迴旋後踢反擊我。

將櫻花的威力完全轉換為反擊力道的後踢，朝我逼近而來。

這等於是**櫻花的踢擊**。我無從閃躲，絕對會被踢中。

全部的威力都會毫不保留地被傳回我身上某處……**絕對！**

迴轉一百五十度。我看到閻的右腳朝我踢過來的軌跡了。目標是我的頭部，上方三分之一。只要被踢中，就會連同腦袋一起被削下來。

閻是打算把我的頭蓋骨削下來，就像酒杯一樣的形狀。

「——嗚——！」

迴轉！一百八十度！

閻巨大的腳掌，擊中我額頭的瞬間——

（——『絕牢』！）

我用**絕牢反擊了閻的絕牢**。

利用頭部承受的力道，順勢往後空翻——使出後翻前踢——！

這時閻已經迴轉了三百度，幾乎正面朝向我了。

——閻。

這櫻花的威力本來就是我的東西。現在就還給我吧！

——砰磅磅磅磅磅磅磅磅磅磅磅——！

我往上踢出的腳，當場折斷了閻在格鬥戰中讓我很傷腦筋的犄角其中一根。靠著稍微有交雜橘花的亞音速威力。

這就是用絕牢反擊絕牢的雙重反擊技，命名為『絕花』。是從櫻花開始，以橘花收尾，用盡所有的花擊敗敵人的——我的新招式。

「——啊——！」

閻發出女性的聲音大大向後仰，從她那根表面似乎覆蓋有堅硬皮膚的犄角斷裂處噴出鮮血——

在強勁的衝擊力道下，與我拉開距離……第一次全身倒下了。

閻因為劇烈的疼痛扭曲表情，用手按著自己的額頭，被巨大螺旋槳產生的氣流推送而滾動在富嶽的機翼上。滾到襟翼彈跳了一下……

「閻姊——！」

在身體探出機身的津羽鬼大叫之中，閻從富嶽上掉下去了！

我雖然也滾動到差點從機翼上掉下去的地方，不過勉強踏穩了腳步——

「——閻，快抓住！」

碰！

我在閻倒下身體的瞬間射出從拋彈殼孔裝進貝瑞塔的纖維彈。

緊接著，我立刻抓住滯空彈子，讓前進彈子拉出強韌的化纖繩索追趕閻。還來得及。掉到機翼正後方空中的閻也明白了那是救命繩……伸手抓住了它。

然而。

「——哼！」

閻竟然使盡全力拉扯繩索，就像在拔河一樣。

難道她打算要死一起死，把我也一起拉下去嗎——！

完全沒預料她會這麼做的我，來不及讓鞋底的鉤爪刺進機翼……

（……嗚！）

轉眼間就掉下去了。

從富嶽的、機翼上。

「呵哈哈……哈哈哈哈哈哈——！」

閻大笑著放開前進彈子，與失去一切支撐力量的我一起遠離富嶽。

在吹向後方的氣流翻弄下，我們有如洗衣機中的衣服般翻滾、墜落。

在風中、在黑暗中——我看不見閻。看來她已經不知道被吹到哪裡去了。

「——嗚……！」

下方是東京的市街。

從飛行時間推算，本來富嶽應該已經來到千葉或太平洋上空才對。然而大概是剛才為了把我甩下去的關係，經過劇烈盤旋後又回到原處了。

我在自由落體下的速度不斷加快。

體感上一直加速到時速兩百公里左右後漸漸安定下來——

（跟亞莉亞一起從ＩＣＢＭ上掉下來的時候，也是加速到差不多這個速度啊……！）

以高空跳傘的姿勢落向東京……文京區一帶的我，在強風的阻撓下好不容易把子彈裝入貝瑞塔。

接著——就像Google地圖放大一樣，看著深夜的後樂園不斷逼近——

已經習慣墜落感覺的我，把手槍撐在腰上，磅！

射出還好我有跟平賀同學購買的手製氣囊彈。子彈落在一棟不知道是什麼設施的昏暗屋頂上，「碰！」一聲展開長徑一公尺、短徑零點八公尺的氣囊。就在同一瞬間，縮起身子的我……啪！碰！

「——痛死啦……！」

這個超高強度矽膠樹脂製成的氣囊……本來說可以承受到38t的衝擊力，但那根本就是誇大不實的廣告啊。我全身摔落在地板上的力道超大的。等會一定要去抗議才行。

話雖如此，還是多虧這個氣囊而免於一死的我……搖搖晃晃地站起身子。

——呀啊啊！

忽然從四面八方傳來一群女性尖銳的叫聲。

「……嗚……！」

仔細一看，這到底是怎麼回事？

在這片空氣莫名潮溼的溫暖空間中，到處都是裸體、裸體、裸體……！

全身一絲不掛的女性們，交織出一片膚色的世界。

難道我以為自己獲救了，但其實是喪命來到天堂——不，是落入爆發模式地獄了嗎？

然而，還是有點奇怪。一群看起來是OL團體的大姊們發出尖叫，不斷四處逃竄。周圍還有在燈光照耀下的大大小小浴池。

這裡是……Spa LaQua……！

也就是建在後樂園旁邊的一棟SPA設施，一種超級澡堂。

看來我是掉落在那裡的露天溫泉區了。

就算是偶然，這運氣也太差了吧？話說，我最近跟超級澡堂還真有緣呢。

正當我這樣想著，並冷靜地嘆了一口氣的時候……咚！

一名身材肥胖的ＯＬ小姐丟出臉盆擊中我的腦袋，踏著沉重的步伐跑掉了。

就算閻再怎麼強，從雲層上掉落下來應該也會沒救才對。

雖然我在空中丟失了她的身影，不過還是有聽到比我稍偏南方的位置傳來墜落聲響……於是靠攀爬牆壁緊急逃出露天溫泉的我，接著便趕往了東京巨蛋樂園。

若無其事地出示武偵證照的我，進入閉園後的遊樂園……想說如果看到屍體至少也幫忙念個經，而四處尋找著閻的下落。

最後，我在一塊設置有各種遊樂設施的區域發現一個小小的隕石坑——而閻就環抱著手臂站在中央，抬頭仰望天空。大概是看著富嶽飛行的方向。

呃……

我好像到處都看不到類似降落傘之類的東西……她很普通地就這樣落地了呢。

也就是說，剛才她從富嶽機翼上掉落的時候，我根本沒有救她的必要嘛。

不過……唉呀，結果不差啦。

反正我就算留在富嶽上，大概也只會被那群鬼圍毆而已。

「——從富嶽掉下去的人就算輸。霸美提出的規則是這樣沒錯吧，閻？既然現在我們兩個都掉下來了，就算平手怎麼樣？」

聽到我的聲音，閻轉過頭來。

但她失去一根犄角的表情，已經不再有攻擊性了。

「真是個……了不起的男子漢。只要有像汝這般的男子，看來日之本依然得享安泰呀。」

她的聲音聽起來，也感覺多少對我抱有敬意的樣子。

世界講究的是力量——認為力量就是一切的閻，或許是因為跟我打成平手，而認同我是與她對等的存在了。

「閻，妳剛才那招，是絕牢嗎？」

「沒錯。絕牢正是賴光殿下擋下酒吞大人攻擊的招式。」

……換句話說，那個人也許真的就是我的老祖宗了。

至於羅剎，大概是在某段歷史中遭到封印，或是被大哥學到了。

有件事我是偷聽到爺爺跟老爸的對話才知道，所以大哥並不清楚——

老爸其實將自己學會的一百招遠山家祕技根據我們兄弟倆各自的個性分配繼承……將偏向攻擊的四十八招傳給大哥，將偏向防禦、反擊的五十二招傳給了我。

「話說……妳其實是故意掉下來的吧，閻？妳早就猜到我會跟著跳下去追擊妳，或是出手救妳了。」

我提出我的想像後，閻雖然保持沉默，但也沒有否定。

「我這樣講希望妳別生氣。當我使出絕牢反擊的時候──閻其實就已經考慮到自己會輸的可能性。而萬一變成那樣，妳那些留在富嶽上的妹妹們就會有危險。」

「……」

「因此妳靠著把我拖出擂臺，造成平手，拯救了自己的同伴。我是這樣推理的，正不正確？」

我拋出一個媚眼後，犄角折斷的傷痕已經不再流血的閻則是……

「──汝高興怎麼想就怎麼想，那是汝的自由。」

剎下傷口上結的疤，依然沒有否定我的想法。

「鬼也是有血有淚的啊。」

我輕輕拍了一下閻的肩膀──

大概是因為被我看穿自己意外有為同伴著想的心而感到害臊的關係，閻把臉別開了。

接著，她邁出步伐準備離去。

閻輕輕跨過入園口，來到白山大道的人行道上……而我也跟在她的身邊。

「妳接下來怎麼打算？」

聽到我這麼詢問，閻便開口回答：

「用游的前往鬼之國。毋須擔心，余知道方向。鬼在無意識中便可以知道同族聚集的場所。」

雖然我不清楚那個紀伊國究竟在哪裡……不過既然她打算用游的前往那個應該是島嶼的地方，我也只能放棄跟蹤了。唉呀，反正那方面的事情我也不是沒有準備手段啦。

只是，如果放任腦袋中沒有社會規範的閻到處亂走，她搞不好又會去當強盜——因此我帶著閻進入路邊的 7-Eleven，買了飯糰跟酒交給她。

打工的男店員看到深夜光顧的我與閻……大概誤以為是什麼女摔角選手與她年輕的男朋友，也沒說什麼就把酒賣給我們了。

「——為何要贈與東西給打過架的對手？毋須擔心，余餓了自己會找東西吃。」

面對嘴上這樣說，還是乖乖把超商袋收下的閻……

「那妳就用這些東西填飽肚子吧。反正比賽已經結束，沒必要分什麼敵我了。還是說，在鬼的世界中，男性送女性禮物也需要什麼理由嗎？」

在ＳＰＡ強化了爆發模式的我，隱藏自己真正的理由，回了她一個笑臉。

「……」

「不過我並沒有賄賂妳的意思，所以接下來的話妳不想聽可以不用聽——我其實是想拿回霸美手中的殼金。要是繼續放著不管，亞莉亞就會變成緋緋神了。」

「余等認同此事。」

「……原來如此。那就分道揚鑣啦。」

「沒錯。」

這下又知道一件事了。

這群鬼**想要**讓亞莉亞變成緋緋神。雖然我不清楚原因。而她們來到日本，甚至找到醫科研醫院來，就是以為亞莉亞已經變成緋緋神的關係。

既然如此——看來沒有談判的餘地，我大概又要跟她們戰鬥了。包括這位閻在內。另外，恐怕還要包括那個不知何方神聖的霸美。

「這麼晚的時間帶著女性到處亂走不是好事，而且我自己也有事情要辦——今晚就到這邊吧。對了，最後再讓我問一件事……閻跟霸美，誰比較強？」

我裝作忽然想到的樣子，嘗試從這位木訥的閻身上探聽出自己最想知道的情報。

可是，背對著東京巨蛋對我露出帥氣笑容的閻……說出的卻不是我期望的答案：

「愚蠢的問題。世界講究的是力量——鬼的階級自然是靠力量決定的。地位比余高的霸美大人，當然比余還要強。即使有七個余，也難敵霸美大人。」

霸美比閻……強七倍以上啊？

雖然我很清楚實力不能靠身材大小推斷，但這也未免——讓人太絕望了。

俗話說「世間無鬼」，那根本就是騙人的嘛。

我的世界到處都是鬼啊，而且都是一群強到嚇人的傢伙。

5彈　乃木坂事件

時間來到深夜零點，日期從二月十三日變成十四日的時候——

我抱著向亞莉亞請求經費的打算，乘坐深夜加價的計程車，回到武偵高中。

（首先，必須要跟亞莉亞會合才行啊。）

為了防止外務省竊聽而避免使用手機聯絡、爆發模式也已經解除的我……

直覺決定前往亞莉亞應該會在的地方了。

雖然亞莉亞終究是靠自己的力量逃出來了，不過只要讓她逃出醫院，應該就不會犯下被追兵抓到的失誤。

所以她一定會在**那地方**等待跟我會合才對。

我暫時先回到武偵高中第三男生宿舍……在自己房間安靜地補充現在手頭上所有的子彈。

然後，注意不要吵醒獨自睡在雙層床下鋪的麗莎——

跪在床邊，看了一眼她美麗的睡臉。

同時，在心中對她呢喃。

……麗莎。

雖然我才剛把妳帶到日本，說這種話很過意不去，但今晚搞不好是我最後一次見到妳了。

雖然大家說我即使被殺掉也會復活，但那終究是過分評價。只要腦袋搬家，或是心臟被挖出來，我當然也無法死而復生。

而我這次的對手，就是會做出那樣的事。對方是鬼，還是一大群鬼。鬼的大將霸美聽說強到不像話，我連能不能跟她打成平手都沒把握。

而且這是極東戰役之後的戰鬥，是打破停戰協定的戰鬥。我沒辦法藉助於師團那些可靠的同伴們。

但是，我不能退縮。

因為我沒能阻止緋彈——夏洛克擊出的子彈射入亞莉亞體內。

亞莉亞恐怕會變成緋緋神的這場危機，原因出自我在伊·U上無力阻止的失策。

因此，我要負起責任。

我要搶回亞莉亞的殼金，阻止她變成緋緋神。而總有一天，我也要解決緋彈本身的問題。

（為了這個目標，我必須要去戰鬥。現在白雪不在……這個家就拜託妳了。）

在心中留下這些話後，我走出寢室，離開房間。

在麗莎的枕邊，我姑且留了一封在計程車上寫下的遺書。

在武偵高中殉學的話，學校多少會提供微薄的保險金與慰問金。如果我遇上萬一，就用那些錢幫我償還貝瑞塔公司的獎學金吧……這樣的遺書內容雖然非常無趣啦。

冬季寧靜的夜晚中，我走在以前遭遇腳踏車劫持事件的那個滿是灰塵的腳踏車停車場。

瞥眼看著便宜的日光燈發出的光芒，我不禁露出苦笑。

這樣沒意思的場所，就是所有事件的起點。該怎麼說？還真是符合我這個人呢。

走在那天早上被理子的電動滑板車追殺的道路上……

我進入了位於第一女生宿舍樓下的溫室。

在燈光照耀下的薔薇園——

也就是剛認識亞莉亞時，她告訴我自己的中間名……『福爾摩斯』的那個場所……

哈哈！粉紅雙馬尾小姐果然就在這裡呢。

「……」

我默默來到亞莉亞的身邊後——

「我就猜到你一定會來這裡。」

環抱著手臂的亞莉亞，望著薔薇如此說道。

「唉呀，畢竟我們認識了這麼久。或許這就是默契吧。」

爆發模式已經解除、恢復平常冷淡語氣的我，回應了一句無聊的話。

「因為這裡就是我——打從心底決定要讓你成為搭檔的場所。」

亞莉亞依然看著眼前的花……

「所以我想說，要在這裡跟你告別。」

清楚地如此說道。

「……告別？」

正當我因為這意外的一句話而皺起眉頭的時候……

亞莉亞把她象徵性的粉紅色雙馬尾——根部那對像犄角一樣的髮飾「啪、啪」打開了。

明明是正值青春年華的女高中生，平常卻在那地方暗藏『備用子彈』這種危險東西的亞莉亞……今天似乎並沒有那樣做。

從髮飾底下又出現了另一對比較小的犄角髮飾。感覺就像俄羅斯套娃一樣。

「這件事非常重要，我只想告訴你，不想讓其他人知道。」

「……？」

亞莉亞抓起我的雙手，讓我握住那對髮飾……應該是叫我拿下來的意思，於是我稍微拔了一下。

可是……拿不下來？

「……嗚……」

這東西跟亞莉亞的頭、黏在一起了。不，不對，應該說是從亞莉亞的頭**長出來**的。

跟那群鬼一樣的……犄角……！

看到我說不出話、睜大眼睛的樣子，亞莉亞嘆了一口氣。

「其實不只是發作，還包括這件事情……讓大人們吵得很凶。我自己是搞不太清楚啦，不過這對犄角的意義好像比外觀看起來更嚴重的樣子。呵呵，金次應該也被嚇到了吧？覺得我很可怕，而討厭我了吧……？」

亞莉亞露出苦笑，抬頭看著我——眼角微微泛著淚光。

為什麼亞莉亞會長出這對小犄角？這究竟代表什麼意義？

……我也不知道。也的確很驚訝。然而——

亞莉亞所說的**大人們**，也就是外務省跟英國大使館，原來就是因為這件事情才把亞莉亞隔離起來的嗎？

也未免太無聊了。竟然只因為這種程度的異常現象就嚇成那個樣子。

「我現在在想的是……這東西，睡覺的時候不會勾到枕頭很礙事嗎？就只是這樣。」

恢復廢材狀態的我，如此回應亞莉亞。

「啥？」

「如果只為了這點程度就被嚇到，根本沒辦法當妳的搭檔吧？然後呢……這個，睡覺時不會礙事嗎？」

要是亞莉亞睡眠不足，對我莫名其妙開槍的機率就會提升。因此我針對這一點仔細詢問後……

「我……我通常都是抱著枕頭，趴著睡覺的。」

大概是因為話題的方向出乎預料的關係，亞莉亞感到有點混亂地回答我了。

這麼說也對，畢竟我也看過幾次。

亞莉亞因為沒有胸部，所以即使趴著睡也可以睡得很熟。

但是，以前理子發現這件事情而捉弄亞莉亞的時候，曾經被亞莉亞從五樓用腦部炸彈摔直接摔到東京灣。

因此我只能裝作不知情，隨口回應了一句：「哦，這樣啊？」

「呃……總之，金次，這是我個人身體的問題。雖然我不知道這究竟有什麼意義，為什麼會變成這樣，應該怎麼做才好——但我自己會想辦法。至於你……想退出就趁現在退出吧，我不會有怨言的。」

亞莉亞將髮飾重新裝回去後，把含淚的視線從我身上移回薔薇園。

就這樣側對著我，什麼話也不說了。

……面對那樣完全不像亞莉亞的態度，我不禁感到火大起來……而有點像在吵架似地說道：

「我說妳啊，也太瞧不起我了吧？如果換作妳是我，聽到那種話會捲起尾巴逃跑嗎？」

可是，亞莉亞——卻只是用溼潤的眼睛看著薔薇園，沉默不語。

明明她平常老是會命令我這樣做那樣做的……

「……」

「……」

兩人都陷入了沉默。

於是我只好站到亞莉亞身邊，跟她一起看著薔薇園……

為了讓亞莉亞比較能說出自己真正的心情，用英文對她說道：

「——Aria, be honest.（亞莉亞，說出妳的真心話吧。）」

在我這句從電影中學來、發音標準的臺詞催促下——

淚水已經快要奪眶而出的亞莉亞，全身微微顫抖。

接著，她從身邊抬頭看向我，我也看向亞莉亞……

「——Help me.（救我。）」

亞莉亞的聲音隨著淚水一起湧出。

「Kinji, I need you（金次，我需要你）……！」

「哇～」一聲大哭起來、撲到我懷中的亞莉亞——

果然很可愛啊。像這種到最後就會變老實的個性。

我回想起之前在伊・U上，亞莉亞也對我說過『我需要你』的那個夏天——

「好，我正式接受委託了。所以說，這件事我之後會向妳索取費用喔。不過畢竟是熟人，我會幫妳打個折扣啦。」

說出在冬天，亞莉亞幫忙我對抗黑道時說過的相同臺詞。

亞莉亞在我的胸口上搖曳著粉紅雙馬尾、不斷點頭後……

「……可是，你……雖然如今才問這種事很丟臉，不過你為什麼……都被捲入這種事情了，還願意對我這麼好……？」

用雙手抱著我，將她不知不覺間變紅的臉抬起來看向我。

「……明明我個性就不好，又很任性，身材又像小孩子一樣……」

原來妳也有自覺喔？

「我也沒辦法啊。畢竟我對妳——」

「……？」

「呃、啊、不……那個……我在四月的時候，就在女生宿舍的屋頂上下定決心了。雖然如今才說這種話很丟臉，不過我……」

我差點就說出連自己都搞不清楚的話，而忍不住變得有點結結巴巴——但還是把真正的話說出來了。

「我沒辦法成為『正義的夥伴』這麼偉大的人物，不過……至少可以成為妳的夥伴……這樣。」

亞莉亞聽到我這麼說……

那對美麗的紅紫色眼睛就變得溼潤潤&閃亮亮，抬頭注視著我。一句話也不說。

拜……拜託妳說些什麼吧。該怎麼說？這狀況讓人很害臊的。

「而、而且……像妳這麼個性差、愛耍任性、身材像小孩子、彆扭又粗暴，這世上根本沒有人有辦法當妳的奴隸吧？呃……除了我以外。」

受不了沉默的我繼續如此說道，結果亞莉亞在我這句話的前半～中段雖然露出想殺人的表情，不過最後又變得一臉感動了。

「謝謝……謝謝你，金次……等到這件事想到辦法解決之後……不管你要什麼回報我都會給你的……」

「呃……那妳就給我去登記在亞洲版的ＳＤＡ排行上吧。只要能讓我的排名降個一級，我也很感激的。」

聽到『不管你要什麼回報』這樣甜蜜而危險的臺詞，我腦海中一瞬間浮現出完全不像我個性的念頭——趕緊將亞莉亞從自己身上剝開後……

「總之，亞莉亞……妳就放心吧。不，或許妳沒辦法放心啦，不過……我會跟著妳。永遠都跟著妳。」

說著，轉身背對亞莉亞。結果亞莉亞又從我背後抱上來，讓我不禁露出苦笑。

但是，亞莉亞。

妳現在有點太大意了啊。

「雖然這種話好像輪不到武偵來說，不過偷窺並不是一件好事喔。到剛才我都還裝作沒發現，但關於這件事如果妳知道什麼就說明一下吧——**玉藻**。」

我對著從男生宿舍樓下就一路笨拙地跟蹤過來，現在也依然躲在風信子盆栽後面——會自己滾動的**五彩線球**如此說道。

知道被我發現，而「澎……」一聲伴隨著白煙現出真面目的——果然，就是玉藻。也就是在極東戰役中擔任我們師團顧問角色的狐狸少女。

外觀看起來像小學生的玉藻豎起覆蓋著棕色體毛的狐狸耳朵，身穿梅花紋路的迷你裙和服，腳下踏著只有一個鞋跟的木屐，手上撐著一把緋色的和傘。

最不能漏看的，就是在她腰上——配戴著一把符合玉藻身高的紅鞘短日本刀。明明玉藻一直都是擔任像司令官的工作，從來沒有自己配戴過武裝的說。

「……嗚……！」

大概是因為過於煩惱的關係，到剛才都沒發現五彩線球的亞莉亞慌張地遠離我身邊……而我則是姑且解除了手槍的保險裝置。

畢竟極東戰役已經停戰，現在的玉藻不能完全肯定是我們的同伴啊。

而且玉藻的表情相當嚴肅。釋放出至今從未見過的銳利感。

「——別過去，遠山家的，快過來這邊。之前咱把卡羯與佩特拉歸還的殼金放回亞莉亞體內的時候，就覺得奇怪……沒想到她已經與緋緋神結合到這種地步了。」

開口如此說道的玉藻——

「那對犄角正是亞莉亞與緋緋色金已經漸漸要完成心結的證明。照這速度看來——色金越是被恢復到包覆的狀態，就會越加速緋緋神化的速度做為抵抗。這件事連咱都不知道。然而，如今也不能叫希爾達再度把殼金剝掉。反覆剝下來的話，恐怕會讓殼金被破壞。只要有一枚壞掉，一切都完蛋了。」

用她的狐狸眼睛懊悔地看著亞莉亞。

「亞莉亞已經沒救了。」

一瞬間為了把我叫過去而看了我一眼的玉藻——

又再度凝視著亞莉亞，「鏘」一聲把手放在刀柄上。

「——遠山家的，雖然星伽巫女現在不在，不過就靠咱與汝的力量討伐亞莉亞吧。趁她還沒有變成緋緋神之前。」

「等等，玉藻……！」

我往前走出半步，把亞莉亞護在身後。

並且讓玉藻看到我把手放在槍上。

「等不得。事態緊急。頭髮姑且不論，但連角都長出來的話，就算是咱也無能為力了。」

「頭髮？角？妳在說什麼？難道說，亞莉亞她……也會變成鬼嗎？」

「不。那群緋鬼，是太古時代的緋緋神留下的子孫。緋緋色金造成的身體變化是後天性的，通常不會遺傳——但長壽的種族似乎會遺傳顏色與形狀。那群鬼的紅髮，便是這個原因造成的。」

玉藻已經——

在估算彼此的距離了。

然而，她大概是只要我護著亞莉亞就不打算攻擊的樣子，始終沒有做出行動。

「頭髮——猴在變成孫時，與犄角相同處的頭髮應該也有豎起吧？緋緋色金會從髮與心結合的女性頭部內側，朝兩個方向釋放出無法察覺、無法看見的力場。若此人的心適合緋緋色金，那力場便會以犄角的方式呈現。若不合，則只會造成頭髮豎起。亞莉亞的心，看來相當符合緋緋色金的喜好。」

這些話的一部分……夏洛克在伊．U上也有說過類似的事情。

要讓緋彈覺性——也就是讓心結合的人格，必須熱情且自尊心高，個性有點像小孩子才行。

而亞莉亞可說是完全符合條件的少女。

但是，那又如何？我早就下定決心了。

——我是亞莉亞的同伴。

即使不是爆發模式下的我，至少也能貫徹這個初衷。

就算玉藻打算把亞莉亞連同我一起殺掉，我的答案還是只有一個。

「——玉藻，我再說一次。妳等等。這件事本來我也有責任，所以我會想辦法。我一定會從霸美手中搶回殼金——拯救亞莉亞。」

我制止似乎想說什麼話的亞莉亞，對玉藻如此宣言。

玉藻彷彿要看透我的內心似的，用野獸般閃閃發光的眼睛注視著我……

「對咱來說……也不想與遠山武士對峙。咱就再等一段時間吧。不過，最晚只到春季。以太陽曆來說的彌生晦日，也就是三月三十一日為止——在此之前，應該還不會發生緋緋神化。」

……輕輕把手放開刀柄了。

「然而，若是過了期限，便一切免談。咱會與星伽巫女聯手，把汝與亞莉亞一起討伐掉。」

雖然玉藻講得很嚇人，不過至少……

她願意再給我們一段時間了。還好她是個只要抱著誠意就願意接受溝通的對象啊。

「遠山家的，霸美在極東戰役中隸屬眷屬。身為師團成員的汝主動攻擊她——在『停戰』的此刻是不被允許的事情，是背叛全體師團的行為。咱雖然睜一隻眼閉一隻眼，但也無法協助汝。師團的大家也同樣無法協助汝，懂了嗎？」

「……知道了。我原本就是抱著那樣的打算。」

看到我點頭回應……玉藻「呼」地嘆了一口氣後……表情變得不再緊張了。

「遠山武士從以前就很不聽話呀。要是眷屬抗議咱們打破停戰協定，必須出面對質的人可是咱喔？受不了。」

「那……真是抱歉，給玉藻添麻煩了。」

「事後記得添點香油，明白嗎？不只是淨財，還要整張榻榻米那麼多的炸豆皮。」

玉藻把這種時候也背在身上的香油錢箱轉向我……也就是背對著我，有點扭扭捏捏地頓了一下後——

「嗯……畢竟汝身邊有同年紀的星伽巫女，也有璃巫女，而且亞莉亞的體型又如此幼小……應該是不會發生那種事才對……」

聽到她這樣說，亞莉亞明明對自己的體型也有自覺卻還是額頭冒出青筋，於是我又趕緊制止了她。

「唔……為了避免產生意識，或許不要說出來反而比較好……但世事總有萬一。不、呃、咱、咱還是保險起見敬告汝：**絕不可與亞莉亞共寢**。」

留下這句莫名其妙的臺詞後，玉藻便「咚！」一聲——

高高跳起……在空中化成煙霧，消失了。

「……？」

「……？」

一方面也是因為玉藻的用詞很古老的關係，我跟亞莉亞都聽不懂她究竟是禁止我們做什麼。

聽起來應該是不可以一起做什麼事情的樣子……唉呀，反正感覺好像是玉藻不用說出來也沒什麼關係的事情，我就不要太在意好了。

「——你竟然只靠嘴巴就解決了呀，金次。我還在想可能會大打出手的說。」

在我背後只拔出一把槍的亞莉亞，把槍收回裙子下的槍套中。

「不過這下……變成只能兩人出擊了呢。」

「我們一開始本來就只有兩個人吧？這只是回歸原點而已啦。」

聽到我指著同時也是我們原點這地方，如此說道——

亞莉亞輕輕笑了一下。

「這麼說也對。那我們就出發吧。兩個人去討伐鬼。」

「好，沒有同伴的兩個人。可惜沒辦法像桃太郎那樣呢。」

「金次，那個故事我也知道。桃太郎的同伴是狗、猴子跟雉雞對吧？」

看到亞莉亞充滿自信、扳指細數的模樣，我也忍不住苦笑起來。

「虧妳會知道。既然是桃紅色，就讓妳當桃太郎。雖然這次沒有帶在身邊，不過……狗就是麗莎，猴子應該是猴吧？雉雞（Kiji）我不知道。」

「就是金次呀。因為你名字中有Ki跟ji嘛。」

我們就這樣說著超級無聊的話題，走出溫室。

只有桃太郎跟雉雞，人員不齊的打鬼團，目標是——連所在地都不知道的紀伊國。但不管怎麼說，至少邁出第一步了。

在稍遠處的第二操場上，可以看到腳踏車劫持事件時……亞莉亞靠著飛行傘把我從腳踏車上擄走時，飛行傘勾到的那棵櫻花樹。

明明現在才二月，樹上就因為學校餐廳排放的熱氣而綻放櫻花了。

（搞錯時間綻放的夜櫻嗎……）

等到亞莉亞獲救，進入櫻花真正應該綻放的季節時——

真希望我這段搞錯方向的人生，也能多少修正到比較正常的軌道上啊。

深夜一點，我們來到……同樣教人懷念的地方——封死武偵的街道．秋葉原。

畢竟亞莉亞是從軟禁狀態中逃亡出來的，如果要去跟鬼討回殼金，遇到外務省的搜索行動也很難辦事。

為了對付這種狀況的我與亞莉亞，依舊很不習慣地……打開俗稱「女僕咖啡廳」的@home Cafeteria的店門……

「萌呀萌呀啾！嘿、萌呀萌呀啾！」

完全被包場&大幅延長營業時間的店內，熱鬧得不得了。

在店中央有個與我身邊這位亞莉亞不同的**另一個亞莉亞**穿著水手服——和一位已經半裸到讓人頭痛的女僕小姐，站在桌子上玩著野球拳。

周圍還有一群喝醉的女僕小姐，以及身穿歌德蘿莉風格洋裝的希爾達興奮大叫著。

「齁齁齁！這下妳連襪子都沒啦，女僕！」

夜行性的希爾達喝著蜂蜜酒……看起來很享受女僕咖啡廳的氣氛嘛。

她手上抓來配酒的那是什麼？不是鈕釦電池嗎！這個電力女的胃腸究竟是什麼構造啊？

話說，雖然我不是很清楚，但所謂的「女僕咖啡廳」應該不是這種像酒店一樣的地方吧？

就在我忍耐著頭痛，而亞莉亞張大著嘴巴的時候……

「歡迎回來，遠山。亞莉亞也順利過來了呀。」

身穿自備的 @home Cafeteria 制服的貞德，別著寫有『貞德』的心型名牌登場了。她腋下抱著雪結晶形狀的端盤，看來很享受地扮演著她夢寐以求的女服務生呢。

「呃～總之先把那個白痴理子給我抓下來……」

我伸手指向站在桌上準備脫下女僕小姐裙子的**假亞莉亞**，如此說道。結果……

「哦～！欽欽來啦來啦～！嘻嘻嘻！」

那個假亞莉亞——也就是理子——從桌上輕輕一跳，空中轉圈。像體操選手一樣把雙手高舉呈現Y字形，在我跟真正的亞莉亞面前落地了。

接著，「唰！」一聲用雙手敬禮的亞利亞理子……

「本人就是這次接受了欽欽委託的峰理理！亞莉亞，聽說妳要去狩獵什麼鬼對吧～？那這段期間就由理子在醫院當妳的替身吧！」

「理、理子……？」

亞莉亞總算察覺到是理子假扮得跟自己一模一樣，而理子又對著她嘻嘻笑了一下。

「同時，我會讓妳變成『假扮亞莉亞追捕鬼的理子』。為了讓外務省如此判斷，給我二十四小時的時間進行情報操縱吧。這段期間中，妳不可以有太大的動作喔？接著只要把理子留在醫院，亞莉亞就可以自由行動了。」

這就是情報怪盜發揮本領的時候——理子帶著這樣的語意，用亞莉亞的聲音說著。

這個替身任務……是因為我認為非常適合正在躲避藍幫邀約而停止活動中的理子，所以才嘗試委託她的——不過這下看來會很順利的樣子。既然她能夠假扮得跟亞莉亞相似到這種程度，想必也可以騙過專業人士的眼睛吧。

而且理子身旁有希爾達跟著。要是遇上萬一，有德古拉女伯爵當同伴也可以很放心了。

「原來如此。那酬勞的部分——反正金次一定是說要我付對吧？不過這次的狀況對我來說也很麻煩，就隨妳開價吧。」

直覺敏銳的亞莉亞如我計畫地打算自掏腰包，可是……

「不需要什麼酬勞。這次我只是要把天空樹上欠下的人情還給妳而已。」

亞莉亞理子卻擺出跟真正的亞莉亞一模一樣的環抱手臂姿勢，如此回應。

「妳那次不是說過要當恩惠大盜嗎？妳想要什麼快說，不把酬勞算清楚我會很不舒服的。」

「福爾摩斯家的女人給的恩惠，根本是一種恥辱。羅蘋家的習俗是偷到那種沒用的東西，就要物歸原主啦。」

別看理子這個德行，她其實自尊心相當高，話一說出口就不會收回去了。

然而……她大概也很清楚，亞莉亞同樣是話說出口就不收回的類型。於是……

「但是，今天這裡的包場費就算在亞莉亞頭上囉？畢竟這不是報酬，而是經費呀♪」

理子將女僕咖啡廳包場一整晚的費用請款單，連同傳票用夾板一起遞到亞莉亞面前。實質上就等於是領取報酬了。

看到一後面接了六個○的請款單，雖然讓我當場臉色發青。不過……

「……受不了，喝得還真不客氣呢。」

亞莉亞只是輕輕揚起眉頭，就把她那張黑色的美國運通・百夫長卡——比金卡更高級的白金卡還要更上位的黑金卡「啪！」一聲夾在夾板上，遞還給理子。

「不過，我明白了。妳歸還的人情，我這次就欣然接受。這樣一來，我跟妳之間就真正互不相欠了。以福爾摩斯跟羅蘋的身分，回到起始點。我會把這一點刻在我胸口的。」

看到亞莉亞扠著腰如此說道，理子又再度雙手敬禮……

「嗚嗚！可是我看不到可以讓妳刻東西的胸部呀～？」

話還沒說完，零點一秒就發飆的亞莉亞便「唰！碰！磅磅！」地撲上去、騎到理子身上、狠狠揍了一頓。

「等等、亞莉亞！偽裝會被弄掉啦！亞莉亞～！」

看到『亞莉亞襲擊亞莉亞』這樣稀奇的畫面……我轉身背對她們，和貞德一起為了這對永遠的冤家微微露出苦笑。唉呀，或許她們這樣也算感情好也說不定。畢竟俗話說不打不相識啊。

後來，亞莉亞與理子躲進廚房——說著『為了完全相似，要不要交換內褲』之類我不想聽的話題。於是我……

「話說，貞德，妳有看過那影像嗎？」

靠著逃避到別的話題，來對付腦海中擅自浮現的想像。

其實，我在富嶽上——

就一直都有啟動那顆向平賀同學買來的『單眼鈕釦』，俗稱『偷拍鈕釦』。

而且我還假裝在跟閻戰鬥時被扯下來，留在機艙內了。

那顆鈕釦型攝影機拍到的影像應該會通過衛星訊號上傳到網路上的空間，因此我就打電話委託情報科的貞德進行分析了——

「有呀，我順利下載了。你的偷窺興趣偶爾也會派上用場嘛。多虧如此，讓我知道了一件非常有趣的事情。」

貞德的講法雖然帶有一些誤解，不過這回答還是讓人感到可靠。

「雖然你的攝影機好像被誰撿起來了，不過依然持續在工作。目前似乎被裝在口袋之類的地方，所以畫面一片黑暗。」

走路的樣子彷彿在展現自己那身輕飄飄的服務生衣裳與膝上襪美腿的貞德——從書包中拿出了一臺Archos的小筆電。

打開放在桌上的小筆電螢幕上，照出幾乎與我的視點相同的影像……從我的臉貼到閻胸部的地方開始播放了。為什麼偏偏要挑這裡啦？

「就是這裡，這個鬼。我知道這傢伙。雖然我只看過照片、聽過一些傳聞而已。」

貞德暫停動畫後用她美麗的手指比向螢幕中，一隻躲在甕裡、只有把頭的上半部露出來的……眼鏡女鬼。

「因為我看過的照片中她也躲在甕裡，所以我不清楚她全身長什麼樣子……不過她名字叫『壺』，在中近代日本曾做過刀劍與鐵砲的鍛造師。是伊・U的初期成員之一。」

「伊・U的、初期成員……？」

「她是大戰剛結束後，從第二代艦長吉爾伯特・施塔赫時期就在籍的兵器技師。壺在兵器工學領域上——名副其實是個鬼才。聽說她靠著遺留在伊・U艦上的大戰時期未完成兵器設計圖，就擅自開發出兵器的樣子。她造出來的一架叫『Sinden』的戰鬥機，成為當時副艦長的愛機，也有留下照片。」

Sinden——

應該就是指舊日本軍為了迎擊B－29而開發的前翼型局地戰鬥機——震電吧？也就是說，那架富嶽大概也是那個甕中鬼造出來的了。真是會找麻煩的傢伙。

然而，就算知道了這件事，對於討伐鬼的行動上也沒有太大的進展——

就在我露出有點失去興致的表情時，貞德則是變得有些嚴肅地繼續說明：

「到近幾年昭昭接棒之前，壺在伊・U逗留了很長一段時間，因此也留下很多紀錄……她是屬於天才常見的類型，個性上完全不在乎階級或身分之類的東西。想畫的時候會一張接一張地畫出驚人的設計圖，但除此之外的時間不管對方是艦長還是王族，她都不予理會，據說會在甕中睡上好幾年的樣子。能夠隨心所欲地把身為天才的壺叫醒，並讓她乖乖聽話的人物——只有一位。」

「一位……？誰？」

「──夏洛克・福爾摩斯。」

……竟然在這時候跑出這個名字啊。

或許壺和夏洛克存在著某種天才之間的默契──或是共鳴也不一定。

但是，夏洛克……是個已經消失的男人。

大概壺現在是聽那個鬼大將・霸美的話，而清醒過來的吧？

「我會繼續監視影像，如果又有什麼發現，我再聯絡你。遠山，祝你順利。」

貞德對陷入沉思的我如此說道後──拿出以空頭公司的法人名義新辦的兩支手機，給我和亞莉亞使用了。

後來，趁亞莉亞去洗手間的時候──

「喂，理子。」

我招招手把依然假扮成亞莉亞的理子叫過來了。

「嘻嘻！欽欽，你終於可以分得出亞莉亞跟亞莉子了呢。」

亞莉子……亞莉亞＋理子＝亞莉子是嗎？

「唉呀，畢竟我都被騙過那麼多次了。話說回來，照妳剛才說過的理論，這次妳跟亞莉亞之間的確可以變得互不相欠，但這樣我就會欠妳一次啦。」

「哦？嗯～說得也是。因為欽欽給的恩惠，有偷走的價值呀。」

「那就趁現在先講清楚報酬吧。妳要多少？話說在先，我身上可是有負債喔。」

我為了預防理子事後才來跟我索討，打算先跟她殺個價，而露出銳利的眼神——

「那欽欽平安回來的話，就跟理子**交往**吧。」

理子用亞莉亞的臉，但恢復成理子的聲音，對我提出這樣的條件。

因為沒有被要求錢財而忍不住在心中豎起大拇指的我……

「好，我知道了。」

一口答應理子。結果……

「咦？」

理子一瞬間忘記裝模作樣，表情僵住了。

接著……額頭冒出汗水，露出苦笑……

「呃～欽欽你有聽懂我的意思嗎？不是跟亞莉亞，也不是跟小雪，是跟理子交往喔？第一次、正式地。」

她活像某自民黨的政調會長或某戰場記者一樣，一字一句、清清楚楚地向我確認。

「嗯，我懂妳的意思。然後，我向妳發誓，男人說話絕不反悔。」

反正她的意思一定是要我**陪她去** Comiket 顧攤之類的吧？（註7）

跟要我付一百萬之類的條件比起來，這點小事根本不算什麼。

聽到我答應之後，理子雙眼頓時閃閃發光起來——

註7　在日文中，「陪某人去做某事」跟「與某人交往」的文字相同。

「嗚、啊……呃、理子、會加油的！明天也會加油、故意被人抓到！當亞莉亞的替身！耶・耶・吼喔～！」

兩手握拳，用力把身體挺出來，臉蛋也一口氣變得紅通通。沒想到竟然連亞莉亞的急速臉紅術都學會了，真不愧是理子。

「妳要好好幹喔——然後好好期待吧，我一定會回來的。」

我留下這句應酬話後，起身迎接從洗手間走出來的亞莉亞。

——我和亞莉亞準備要做的，是破壞停戰協定的討鬼行動。

或許讓理子、貞德以及現在屬於師團的希爾達插手幫忙並不是被允許的事情……不過這種程度的支援工作，即使被眷屬抓到，玉藻應該也能抗辯吧？畢竟現在這個時代，就連那腦袋僵硬的自衛隊都會接受『集體自衛權』這種東西啊。

草木也沉睡的丑三時——

我與亞莉亞走在完全見不到其他人影的秋葉原・中央大道上。

「這下應該就能防止那些礙事的追兵了。不過，接下來該怎麼辦呢？」

在一片寂靜中，亞莉亞吐著白色的氣息，對我如此詢問。

「不只是這次，我在巴斯克維爾時代也有體認過了——同伴是很重要的。果然，還是先去找人協助吧。」

「有誰會願意幫忙啦？」

「既不能找極東戰役的關係人，我也不想連累學校那群人。那總之只能先找自家人啦。明天，妳跟我一起回老家一趟吧。」

「咦！」

「怎麼了？」

「呃、呃、金次的……老、老家？」

「為什麼要那麼慌張啦？別擔心，沒有像妳老家那麼遠啦，只是在巢鴨而已。反正理子的情報操作需要花上一整天的時間，我們就暫時躲在我老家。不過話雖如此，今天時間也很晚了，明天再去吧。雖然照日期來講應該是說今天啦……呃，好像怎麼講都不清楚。總之，今天十四日中午，在巢鴨車站南出口集合。我想妳應該也需要處理一下身邊的事物，而且我們兩個人走在一起也太顯眼了——今晚就各自找地方躲藏吧。」

「是、是！」

亞莉亞非常難得地對我用算是尊敬語的用詞回應後——

馬上攔到一臺計程車，離開中央大道了。

後來亞莉亞寄給我的郵件中說，她今晚借宿在連城律師位於虎之門的公寓——順便商量有關她母親・神崎香苗小姐辯護工作的事情。原來如此，那應該就可以放心了。畢竟那女人是當過武偵的武裝律師，雖然不像莎拉、妖刕或魔劍，但只要有付錢的這段期間就是可靠的對象啊。

二月十四日，萬里無雲的好天氣。

（雖然我不太喜歡讓別人看到自己家人……不過唉呀，亞莉亞應該沒關係吧。）

我在膠囊旅館過夜後，正午來到巢鴨車站南出口——看到啦。

大概是因為沒事可做的關係，用手摸著自己那對雙馬尾的亞莉亞就站在那裡。

她身上穿著一看就覺得是富家大小姐的長袖連身裙，肩上背著乍看之下有點孩子氣不過應該很昂貴的小包包……打扮莫名正式呢。像裙襬也比平常穿的還要長。

「只不過是要來我家而已，妳穿得還真高檔啊。」

聽到我搭話的聲音而趕緊轉回頭的亞莉亞——

「慢死了！上次我應該有說過，讓我等上三十分鐘就要開洞吧！」

露出尖銳的犬齒，劈頭就用可怕的一句話對我打招呼。

雖然今天因為有出太陽，所以英國出身不太怕冷的亞莉亞並沒有穿外套……不過原來妳在這邊等了三十分鐘啊？

「而且我好歹也會有幾件高檔一點的衣服啦。這套是我叫戰妹（明里）把我借她的衣服送過來的。你那眼神是什麼意思嘛？你想說這衣服不適合我嗎？」

「我這眼神是天生的。不，很可愛啦，妳很適合穿這種像大小姐的打扮。再說，妳本來就是個大小姐嘛。」

我為了安撫亞莉亞的情緒而如此說道，結果她就臉紅起來……

「什麼嘛。那穿制服的我，跟穿便服的我，你比較喜歡哪一邊？」

問了我這樣一個有夠麻煩的問題。

「兩邊都一樣啦，亞莉亞就是亞莉亞啊。」

於是我發揮我最擅長的隨口敷衍。

「話說回來，亞莉亞，妳有好好睡嗎？感覺妳眼睛底下有點黑眼圈呢。」

「啊……沒、沒什麼、這只是那個、我為了討論媽媽判決的事情，熬夜了而已。才不是為了做什麼東西、或是因為滿心期待到睡不著覺之類的！」

我想也對。要是亞莉亞的胸部鼓起來的話，做胸墊的公司會很傷腦筋吧？（註8）

我雖然心中這樣想，但並沒有說出口。看來我對亞莉亞的危機管理能力已經到達駕輕就熟的程度了。

「我說，之前在黑道的宅邸——金次有約好要帶我去你老家吧？而現在，你遵守約定了。很棒喔，金次，讓我獎勵你。」

亞莉亞踮起腳尖，笑著摸摸我的頭……

這麼說來，我們的確有過這段約定呢。在鏡高組的大本營。

不過那又有什麼好讓亞莉亞如此開心的？我實在搞不懂啊。

我帶著亞莉亞，經過商店街、寂寥的香菸攤、木材店——走在殘留著昭和時代氛

註8　在日文中，「滿心期待」寫作「期待に胸が膨らむ」，直譯為「期待讓胸口鼓起來」。

圍的住宅街中，來到『遠山鐵』——我爺爺居住的日式宅邸前。

我穿過大門，準備拉開像漫畫海螺小姐家那樣的拉門時……發現亞莉亞在門邊扭扭捏捏的，用手捏著自己的雙馬尾，遲遲不肯進門。

「怎麼啦？就是這裡啊。」

「咦！呃！」

很稀奇地露出廢材臉的亞莉亞，不知道為什麼猶豫著不敢進我家門。

「妳在做什麼啦？我家爺爺雖然被美國認定為危險人物，但還算是安全的人啦。妳別擔心。」

「不、不是那樣，嗚呀啊啊！」

我抓住亞莉亞的小手把她拉進門，結果她就睜大雙眼皮的眼睛，超級慌張起來。

這傢伙在搞什麼？該不會是她在路邊隨便撿桃饅吃，吃壞身子了吧？

大概是因為聽到我的聲音——喀啦！

白髮平頭的爺爺穿著輕便和服配袢纏的純和風打扮，從屋裡拉開門了。

「哦哦，你回來啦，金次。」

「呃~我回來了。」

就在我跟爺爺簡短打完招呼後——

——一旁的亞莉亞「沙……」地微微捏起淡桃紅色的連身裙裙襬，把右腳腳尖輕輕放在左腳後，難得露出成熟的表情，閉上眼睛、垂下頭。

這看起來像是對我爺爺表示敬意的動作——不用說明就知道，應該是英國淑女在面對初次見面的對象時，重視禮儀的正式打招呼方式吧。

「初次見面，非常榮幸能見到您。我叫神崎・福爾摩斯・亞莉亞。」

用可愛的娃娃聲道上自己姓名的亞莉亞……

極為罕見地對人自稱為『福爾摩斯』了。或者應該說，根本是我第一次見到。

「哦～還真是個像洋娃娃一樣可愛的女孩啊。來來來，外頭很冷吧？快進來屋裡。」

而爺爺也很親切地招待亞莉亞入內——不過還是偷偷瞄了一眼她的小包包。這件事雖然我也有察覺到，不過爺爺似乎看穿那包包中裝有彈匣之類的東西了。真不愧是當過軍人的，一點都不馬虎啊。

後來，被招待到茶室的亞莉亞——

明明平常總是會命令我「泡我平常喝的濃縮咖啡來，三十秒之內！」的，可是現在竟然在幫我奶奶泡茶，裝成乖小孩。這究竟……是怎麼回事？難道巢鴨有什麼會讓亞莉亞變乖的驅亞結界嗎？

接著，我們跟爺爺奶奶坐在暖桌旁，進入喝茶聊天的時間——

「我在東京武偵高中跟金……遠山同學是同一個班級的同班同學。我平常總是受到金……遠山同學的照顧。」

自我介紹跟附和答腔為主的對話都對答如流的亞莉亞，竟然還把我稱呼為『遠山同學』了。害我全身都快長出蕁麻疹啦。

然後……

莫名提升了爺爺奶奶好感度的亞莉亞，等到那兩人離席後──「沙、沙沙」地把腳拉出暖桌，額頭上還冒著汗水。

「怎麼啦？是不是房間太熱了？」

「……嗚……啊……」

亞莉亞只用呻吟聲回應我，於是我觀察了一下她的樣子。結果亞莉亞顫抖著她那對穿膝上襪的小腳腳……從跪坐姿勢慢慢轉換為蹲坐。

「妳是不是哪裡不舒服啊？從剛才就很奇怪說。」

「……只、只是麻掉了而已……啦……」

聽到她痛苦地回答，我這才搞懂而敲了一下手掌。

據說白人的腳部骨骼因為跟亞洲人不太一樣，所以不擅於蹲下或跪坐之類的姿勢。身為四分之一混血兒的亞莉亞雖然大致上看起來都像日本人，不過似乎在那部分是像英國人的樣子。

所以剛才長時間跪坐，讓她的腳麻掉了。

其實她大可以在途中放棄跪坐，改成比較舒服的姿勢啊。為什麼沒有那樣做？

「身為武偵竟然失去機動力，妳太大意啦，亞莉亞。」

這裡可是遠山家，也就是我的主場。雖然男生宿舍也是我的主場，但在那裡總是被亞莉亞踩在腳下的我，這下可說是在自家陣營中對她發洩平日積怨的大好機會啊。

於是我站起身子……將自己的影子覆蓋在亞莉亞身上。怎麼樣？很恐怖吧？

「你、你想做什麼？」

亞莉亞冒著汗、用恐懼的眼神抬頭看著我——

但果不其然，她即使有不好的預感，也似乎無法動彈的樣子。勝利確定啦。

「為了通暢血流，讓我幫妳按摩吧。」

我彎下身子，一把抓住亞莉亞的小腿肚……

「咿～～～～！～～～～！」

在別人家不敢大叫，或是根本就已經叫不出來的亞莉亞，不只是麻痺的腳而已，全身都用力顫抖起來。緊閉雙眼，對著虛空瘋狂亂抓，可是卻一點都使不出力。

我接著從襪子上抓住她另一邊的小腿肚。

「～～～嗚～～～～～！」

太棒啦！太棒啦穆斯卡！我現在贏過亞莉亞了！

「住、住、住手、金次……！我、我會死掉……呀！」

「沒有人會因為跪到腳麻痺就死掉啦。妳就親身體驗一下，因為不小心而無法動彈的武偵究竟會有什麼下場吧。噗哧！」

亞莉亞的模樣實在太拚命，害我都忍不住笑出來啦。正因為我平常總是被這個虐待超人大肆虐待的關係，現在這份征服感實在無比痛快。就算叫我住手我也停不下來呢。

我光是揉一揉或輕輕彈一下亞莉亞的腳趾和腳踝，她就會一抖一抖地作出反應，「嗶！嗶！」地發出小聲的超音波不斷掙扎。最後還爬在榻榻米上，想要逃離我的手中。哈哈哈，在這間只有四坪大的房間中，妳想逃到哪裡呀～？

「嘿呀！」

就在得意忘形的我伸出手想要再抓住亞莉亞的右腳趾時——唰！

「……不麻了。謝謝你幫我按摩喔，遠山同學。做為回禮，就讓我表演一下巴流術的小招式給你看看吧。」

我、我的、手指……！

被亞莉亞的腳趾頭隔著襪子靈巧地纏住了……！

竟然用腳趾對手指施加關節技……！巴流術的招式到底有多豐富啊！

「等等……！」

我漸漸發紫的右手，從另一側被亞莉亞的左腳「啪！」一聲壓住了。

用左右雙腳的腳掌與腳趾頭完全固定住我右手的亞莉亞，接著發揮出宛如虎鉗般的壓力……軋！嘰！啪嘰！

「等等！亞莉亞！痛！痛痛痛痛痛！會死啊……！」

「沒有人會因為手指被折歪就死掉啦。哼！嘿！」

呀哇！本來應該只會往同一個方向彎曲的手指，竟然各自被折向不可能彎曲的方向，呈現出各式各樣的扭曲方式啦！

就因為剛才表現得比較乖巧，害我一時大意了！亞莉亞果然還是亞莉亞啊！

——因為是在我家，亞莉亞並沒有開槍或是把我抓起來摔，已經算不錯了。至於我的手指，最後是靠遠山家代代相傳的超痛整骨術一根一根治好了。

雖然還有點歪向奇怪的方向，不過唉呀，既然是我，放著不管也應該沒問題吧？

我用那有點不堪入目的手拉開拉門後——

「總之，我們還有半天沒辦法行動。妳就隨便消磨一下時間吧。」

對好奇地看著掛軸與紙門彩繪的亞莉亞留下這句話後，回到我自己那間三坪大的房間。

（畢竟這次的戰鬥可能真的會喪命啊……）

於是我拉開被雜物塞得亂七八糟的壁櫥——

將之前GⅢ很想要的三角旗與木雕熊、金女很想要的將棋盤與三枚銀天使點數卡等等東西分裝到不同的箱子。

「金次，你在做什麼呀？」

爺爺奶奶一不在就對我直呼其名的亞莉亞，從屋外走廊進到房間對我如此問道。

「我在分配留給弟弟妹妹的遺物啦。畢竟我老弟跟老妹都是白痴，萬一我掛掉之後，他們搞不好會為了搶這些破爛東西而大打出手啊。所以這是預防工作，是為了維持巢鴨和平的活動啦。」

唉呀，雖然我如果活著回來，就不會給他們了啦。

「哦……嗚哇！好亂！拜託你也整理一下自己的衣櫥行不行？」

「吵死了。而且這不是衣櫥，是壁櫥啦。」

「真是沒辦法。我來幫你打掃吧。」

出現啦，亞莉亞在遠山家中的乖寶寶行動。她平常明明都把這種事情丟給白雪或金女，連自己的房間都交給戰妹間宮整理的，現在竟然自己說要幫忙『打掃』哩。而且還對我拋了一個媚眼。

不過確實，我的壁櫥中因為從小學時代就累積下來的各種雜物而塞得非常混亂。

反正現在也沒事做，就讓她幫忙吧。

「哦哦，謝謝。」

我接受亞莉亞的好意後……跟她一起整理了大約半個小時左右。

亞莉亞忽然變得安靜下來。我正想說她果然忍不住開始偷懶了……

「哦~金次，原來你喜歡這樣的呀？哦……原來如此……」

結果聽到她莫名其妙地小聲呢喃，於是轉頭一看——

（……嗚…………！）

發現亞莉亞攤開在地上，皺著眉頭翻閱的書籍是……！

爺、爺爺連我的壁櫥也拿來藏的自我爆發術『春水車』的道具，也就是泳裝之類的女性寫真集啊！

「不、不不、不對！那不是我的，是爺爺——」

亞莉亞對我的辯解充耳不聞，用塑膠繩把那些寫真集綑綁起來。

而且放在最上面的，剛好就是穿和服的大姊姊被繩子綁起來的奇怪寫真集。

「我說你呀，竟然還推卸給別人，這樣很糟糕喔？」

就在亞莉亞用看著毛毛蟲似的眼神看著我，而我繼續辯解著「不，這真的不是我的啊……！」的時候——

「……？」

從走廊上忽然傳來爺爺跟奶奶的腳步聲。他們似乎要出門的樣子。

亞莉亞察覺到自己有可能會被留在家中跟我兩人獨處而慌張起來，讓寫真集的事情就這樣不了了之……而我則是來到走廊上……

「爺爺，你們要去哪裡啊？」

詢問了一下讓奶奶幫忙穿皮夾克的爺爺。

「咱們去金一的家一趟。那個蠢貨，才想說好久沒有聯絡了，沒想到竟然一打電話來就說有重要的事情要報告什麼的。」

「……大哥現在在日本啊？大概是因為大家都以為他已經喪命，但其實還活著……所以要報告這件事吧？」

「死而復活對遠山家的男人來說是見怪不怪啦。應該是有其他事情才對。」

拜託別把死啦活的講得那麼輕鬆好嗎？雖然我也沒資格說這種話啦。

雖然亞莉亞表現得莫名慌張，不過我也同樣不想跟亞莉亞兩個人留在家裡被當成家庭暴力的犧牲品。

於是，我們決定跟爺爺奶奶一起前往大哥位於乃木坂的家了。

爺爺那臺不知道為什麼還可以發動的破舊初代 Celica 發出恐怖的噪音，經過護國寺・江戶川橋……來到第四一三號都道上、乃木會館附近的大哥家公寓。

這裡就是大哥被判定為殉職之前居住的家。

爺爺跟奶奶說要先去乃木神社參拜，於是我跟亞莉亞兩個人就先到大哥家了。

（剛好我也有很多事情要跟大哥談談。畢竟他是個神出鬼沒的男人，如果不好好把握見面的機會……下次就不知道要等到什麼時候了。）

這一代的地價相當高，大哥住的公寓也同樣看起來復古而漂亮……不過原本開在一樓的旅行社原來已經倒掉啦？取而代之的是一家今天沒有營業的金飾交易店，招牌上印有金字塔圖案，一旁的旗子上還寫著『買賣黃金、白金』。現金從消費轉為投資——這或許也是時代的潮流吧？

我們來到大概有人在做料理而飄來辛香料味道的走廊上，按下一樓101號房的電鈴後……鏘鏘鏘……

怎麼從屋裡傳來某種像小型的銅鈸敲擊的聲音啊？怎麼回事？

接著——「喀嚓！」一聲打開門迎接我們的是……

「金、一～！」

手握湯杓、身穿圍裙、滿面笑容張開雙手的——

「……佩、佩特拉……！」

也就是以伊・U成員以及眷屬代表戰士的身分跟我們打鬥過好幾次的埃及美女。

在她腳邊的小型沙金人偶們還像樂隊一樣敲著迷你銅鈸，表現歡迎的氣氛。

這是哪招？

一臉幸福的模樣想要抱住我的佩特拉，頓時停下動作……

「搞什麼，原來是遠山金次呀。你們氛圍那麼像，害妾身都搞錯了。真是容易混淆，給妾身改過來啦。」

接著表情轉喜為怒，用無名指上戴有白金指環的左手握著湯勺，「咚」地敲了一下我的腦袋。

我跟亞莉亞因為看到出乎預料的人物而當場陷入了混亂狀態。

「我們是兄弟，要怎麼改啦？」

聽到我這麼回應後……

「那就從娘胎重生啦！」

嗚哇，她看起來心情超差的！

佩特拉甩起妹妹頭的黑頭髮，「哼！」一聲轉身背對我們。

然後搖著穿有緊身迷你裙的蠻腰，走進屋內去了。

「為、為什麼妳會在金一哥哥的家中呀，佩特拉？」

亞莉亞和我也追在她身後，走進大哥家中——

「妾身們在同居啦。」

「……嗚……！」

這項衝擊性的事實，讓我一進到屋裡就當場腳軟了。

亞莉亞也「噗！」一聲從紅通通的腦門上噴出蒸氣。

「不過，你們來的正好。亞莉亞、金次，來幫忙妾身擺餐具吧？」

佩特拉接著又笑咪咪地合起雙手、微微歪著頭，擺出撒嬌請求的動作……這個裝乖模式的佩特拉，基本上對我們還算友善。

她從餐盤架上拿出平常應該沒怎麼在用的高級盤子與銀湯匙，共六人份，遞到依然還有點呆滯的我跟亞莉亞手上。

「……原來妳在幫我們做料理啊。不過，妳也沒必要用這麼正式的餐具喔？雖然妳好像已經知道了，今天來拜訪的只是我爺爺跟奶奶而已。」

「要懂得敬老尊賢呀。他們可是人生的大前輩呢。」

自己講話的語氣也很老氣的佩特拉，感覺並不是這幾天才到這裡來的。

她應該是已經在這裡跟大哥同居了一段時間吧？

看來……這兩個人在伊・U相識、幾經波折後……最後以戰役停戰為契機，決定開始一起生活了。

畢竟卡羯也有說過，佩特拉好像從以前就很喜歡大哥的樣子。

幫忙把盤子端到餐桌的亞莉亞，偷偷指著在廚房中愉快哼歌、看著烤箱的佩特拉，對我竊竊私語：

「……我猜樓下那間金飾交易店，一定就是佩特拉開的吧？話說金次，你竟然不曉得這件事？真讓我驚訝。」

「不，我也不是完全不知道啦……只是沒想到他們已經到這個程度了……」

「那個佩特拉居然會變得這麼溫馴，大概就是所謂『戀愛會改變一個人』吧？你哥哥也真有一套。」

看來亞莉亞好歹也是個女孩子，而有點興奮地笑著跟我聊起這樣的話題。

而雖然說只是兄弟的事情，還是覺得有點害臊的我則是……

「我也不清楚啦。」

如此回答後，專心擺起湯匙了。

晚餐準備完成後，亞莉亞和佩特拉這對原本敵對的兩個人，就走到連接庭院的陽臺上交談了。大概是要討論有關審判的事情吧？

脫掉圍裙的佩特拉把胸部放在高度剛剛好的欄杆上，實在教人頭痛——而亞莉亞也打算學她，卻因為沒有東西可以放，結果全身滑下來，用下顎「咚！」一聲敲在欄杆上了。而且她裝在小包包中的東西還順勢散落到大約半層樓高度下的庭院中。做人果然不可以太愛面子呢。

就在這時——

家門打開，大哥回來了。

「大哥。」

我轉頭叫了一聲後，把防彈風衣與夾克掛到衣架上的大哥就……

「金次，你也來了啊？好久沒見。」

老樣子我行我素地把似乎重新申請的武偵手冊，從背心口袋拿出來放在桌上。

而我看到他的左手無名指上套著跟佩特拉一樣的指環……

「大哥，套指環在用槍的時候會礙事吧？你該不會是最近又變成**加奈**而忘記拿下來了？」

本來是打算先跟他閒話家常一下的。沒想到——

轟！我的臉上忽然感受到某種強烈的衝擊感。

「——不要把加奈的名字！」

糟啦……！我說溜嘴了……！

「在我！聽得見的！範圍內！說出口！」

抓狂的大哥瞬間騎到我身上，狠狠毆打起來。

我因為太久沒見面而忘記啦！大哥似乎對於他為了進入爆發模式而扮成加奈的事情感到非常丟臉的樣子，所以每當聽到我提起加奈的事情就會發飆啊……！

滿臉通紅、不斷對我揮拳的大哥，簡直比赤鬼・閻恐怖三倍，比亞莉亞恐怖十倍！而且好痛！大哥，快恢復成加奈吧！如果可以的話，拜託你一輩子都維持加奈的樣子吧！

最後，拯救了我的性命的是……

「歡迎回來呀，金一～！」

從一旁抱住大哥，讓他站起身子的佩特拉。

就在我趁機爬到桌子下避難的時候……

「妾身倒是很喜歡加奈呢。你就再變身一下吧。」

佩特拉緊緊黏在大哥身上，像隻撒嬌的小貓一樣不斷用臉頰磨蹭著。

看來……原本不太喜歡男性的佩特拉，是因為有加奈做為緩衝的關係，所以對大哥這位男性可以比較沒有抵抗的樣子。

然而，大哥絲毫沒有理會對他撒嬌的佩特拉……

「金次！你這渾蛋！就是你對梵蒂岡告狀的吧！」

因為我在布魯塞爾為了從凱撒那群人手中逃出來而爆料『加奈是男性』的這件事大發雷霆，拔出他的左輪手槍（柯爾特SAA）啦！咿……！

「上個禮拜，那群修女們還寄信來向我確認啊！而且內容感覺像是在同情我一樣……！金次！」

大哥毫不猶豫地對我開槍起來，而我則是靠著亞莉亞鍛鍊出來的迴避技巧不斷閃躲。

——就在我們打打鬧鬧了一段時間後……

爺爺跟奶奶總算來了。

把左輪手槍子彈射完的大哥轉回頭一看，結果對屋內的煙硝味道一點也不在意的爺爺忽然邁步走進來……「唰！」地抓住大哥的背心胸襟——

——「碰！」一聲，冷不防地朝大哥臉上揍下去了。

「這個蠢孫子！去年這時候聽到你在海難中喪命……害老子都白操心啦！像你這樣不孝的孫子，乾脆真的死死算了！」

面對把背心放開後，轉身背對大哥、交抱手臂的爺爺……

「……爺爺，對不起。」

大哥用手背擦掉鼻血，開口道歉了。

「爺、爺爺，你沒必要那樣講吧？」

聽到爺爺對好久沒見的大哥說出這麼過分的話，我趕緊繞到他面前……卻發現爺爺……竟然在哭。

讓皺紋已經比以前多的臉變得更皺，開心地哭著。

而亞莉亞、佩特拉與奶奶似乎也察覺到他這樣子……紛紛露出苦笑。

「……」

說的也對。原本以為喪命的孫子竟然活著回來，爺爺不可能會不開心嘛。

為了不要讓我看到哭泣的表情，又把臉別開的爺爺……

「然後呢？你有什麼重大事情要報告？老子今天可是放棄原本要看的中央賽馬，特地跑來的啊！」

保持著大發雷霆的態度，開口詢問。

結果……

「……我、我訂婚了。準備跨國結婚。」

——！

「什麼！」

我當場驚訝得跳了起來。

「咦！你沒發現喔？」

亞莉亞則是對我說出這種話。

「你、你說什麼！」

「唉呀？你沒發現嗎？」

轉回頭的爺爺跟奶奶也進行著同樣的對話。

接著，爺爺看到用手梳著黑色妹妹頭、扭扭捏捏地靠到大哥身邊露出笑容的佩特拉……開心的淚水再度湧上眼眶……

「金一，你這蠢蛋……不但活下來，還忽然找了個這麼漂亮的老婆回來……！老子今天穿的可是破破爛爛的夾克啊！」

又笑著對大哥大發雷霆了。

充滿奶油香的豆子湯、淋上香草油的蒸魚、加了通心粉的炒飯——
佩特拉的埃及料理深受大家好評，我也因為都是第一次吃到的料理而感到很新鮮。
爺爺則是非常中意埃及的棗子酒，一杯接著一杯地暢飲著。
與忽然增加的一名自家人以及亞莉亞愉快用餐……讓我莫名感到非常開心呢。
餐後，爺爺叫來代理駕駛，與奶奶先回去了……
而亞莉亞和佩特拉則是跑去洗碗——於是我對大哥說了一句「我有些話想聊聊」把他帶到陽臺上。
畢竟有很多事情，我想趁這機會問清楚啊。
我跟大哥各自披上一件夾克後，來到陽臺上進行久違的兄弟對話。
「……恭喜你訂婚了。感覺佩特拉應該會是個好太太吧。」
「謝謝。唉呀，我跟她從伊．U時代開始就經常分分合合啦。」
有點害臊的大哥讓不輸明星的俊俏臉蛋露出笑容。
仔細想想，像去年夏天在台場，大哥跟佩特拉就感覺在打情罵俏呢。
「台場金字塔、太陽船——那時候的事情，大哥還記得嗎？」
我戰戰兢兢地提出有點擦邊到加奈的話題，結果大哥很冷靜地點頭回應了。
「當時大哥提過的『緋彈的亞莉亞』——我總算也漸漸明白其中的意義了。唉呀，雖然有很多部分都是GⅢ告訴我的啦。」
「……我其實也幾乎都是從夏洛克的『緋彈研究』中知道到的。所謂緋彈的亞莉亞，就是指沒有被緋緋神取代心靈，能夠自在操縱緋緋色金——緋彈之力的亞莉亞。」

大哥他——

露出已經認同我是個成熟武偵的側臉，對我如此說道。

「『緋彈的亞莉亞』是個超超能力者，擁有遠遠超過普通超能力、甚至足以改變世界的力量。她能夠打敗任何敵人、擁有不老不死之身、超越時空、使死者復生。在不完全的狀況下得到這些能力的人，就是夏洛克·福爾摩斯。那個男人在沒有被緋緋色金操控的情況下，從緋彈獲得了不老不死的力量。」

聽完大哥說的話，我也補充上自己在爆發模式下想出來的假設：

「另一個例子，就是在香港的孫吧？如意棒與觔斗雲雖然都是緋緋色金的能力之一，但孫的心靈卻有一半被操控了。在別人的干涉下變成緋緋神的這一點，以大哥所謂的超越者來說也是屬於不完全的。」

大哥似乎也知道孫的事情，而對我點點頭——

「只要有近乎神的存在出現的時候，就必定會有人想要利用它。藍幫使用的佩特拉之鑰，就是讓緋緋色金適合者的心靈強制被緋緋神取代的道具。雖然那東西讓心靈恢復原狀的機能並不完全就是了。」

「而白雪的色金殺女，也是控制緋緋色金的道具之一吧？」

「沒錯。那是能夠將緋緋色金逼到所有功能都停止、類似控制棒的一把刀。佩特拉在台場擊中亞莉亞的那顆咒彈，表面也鍍有從色金殺女上取得的金屬。當時亞莉亞不只是因為詛咒陷入假死狀態，色金的功能其實也停止了。」

「然而……那功能後來復原了。當時亞莉亞在安蓓麗奴號上醒過來後使用的招式，也是緋緋神的招式之一吧？她將佩特拉建在船上的金字塔上半部消滅，並送到過去……我不認為普通的超能力者有辦法做到這種事情。那時候亞莉亞的狀況，跟在鏡高組大本營的屋頂上──呃，我看過猴體內的緋緋神被佩特拉之鑰喚醒而『剛醒來』的狀態──跟那非常相似。」

「沒錯，當時──因為**你**接觸了亞莉亞，讓緋緋神獲得了強烈的力量。所以不只是色金殺女，連殼金的力量也暫時之間被克服了。」

「**因為我**……？」

我頓時接不下話了。

雖然『緋彈的亞莉亞』之謎被解開了不少，但這部分的事情我還是搞不太懂。

「公主在王子的親吻下醒過來這種事，有必要說明嗎？」

看到大哥用帥氣的表情「呵」了一下──

「別跟我開玩笑啦。其實，呃……雖然這有違武偵憲章第六條，讓我覺得很丟臉……但還是拜託你告訴我吧。這部分的事情，我即使在爆發模式下思考，也還是搞不懂。為什麼我會被扯進亞莉亞跟緋緋色金的事情上啊？」

「……真是年輕。」

我明明都開口拜託了，大哥也只是輕輕笑一下，沒有回答我。

不知道為什麼，我跟亞莉亞的關係似乎會影響到緋緋色金的動向……可是相關的人物提到這件事情時總是會對我含糊其辭。像夏洛克也只對我說『為了兩位今後的關係，細節我先保留下來』，而玉藻感覺也提過類似的話，卻遲遲不肯明講。

「……白雪現在怎麼了？」

到最後還是不願告訴我詳情的大哥，忽然轉了一個話題——

「嗯？哦哦，她現在回星伽老家去了。」

聽到我的回答，大哥莫名皺了一下眉頭。

接著在沒有其他人的陽臺上，依然謹慎地壓低聲量：

「關於你剛才的問題，我就回答你一半吧。我們之所以注定被扯進緋緋色金的事情，是因為有星伽巫女介入其中的關係。星伽家自古以來就不斷在研究、控制緋緋色金。我想你應該也知道了，古代渡海到中國為猴進行外科手術，造出孫的，就是星伽巫女之一。教科書上提到的卑彌呼，也是個能夠在高層次下使用色金之力的人物。」

「星伽家啊……」

「大約在三年前，多位星伽巫女接收到了同樣『神託』——也就是對未來的一種預感。內容是『為了拯救母親遭遇的危機，某個恐怕會帶來嚴重災害的緋緋色金適合者將會來到日本』這樣。神託經過巫女們反覆的占卦而成為高準度的預測，發現東京武偵高中遲早會成為那個適合者的所在地。」

「……！」

「星伽家其實早就預測到亞莉亞來日本的事情了。雖然我不便多說什麼，但星伽神社與宮內廳之間有很深的關係。因此星伽家以此為起點，利用行政機關，以自然入學的形式將負責監視的星伽巫女派遣到武偵高中。那就是白雪了。身為星伽家長女的白雪，雖然在慣例上不會從事如此危險的任務——但她似乎是擔心妹妹們的安危，而自願接下這項工作了。」

星伽家的守護巫女、曾經是『籠中鳥』的白雪……

之所以有別於其他星伽巫女而跑到東京，原來背後也隱藏了這樣的任務啊？

「她們雖然很快便懷疑亞莉亞就是那位適合者，但似乎花了很多時間才獲得確信的樣子。不管怎麼說，與星伽神社之間具有鎮守關係的遠山家之人——也就是你與白雪重逢的那一刻開始，便命中注定遲早要跟亞莉亞扯上關係了。」

命中注定——

大哥的個性其實有點偏向命運論者，不過被他這麼一說，連我都不禁有那種感覺了。

「關於『緋彈的亞莉亞』——我知道的事情、能說的事情，大概就這些了。」

「謝謝……已經很足夠了。」

「另外，金次，我也有件事情必須要跟你說。我今後會慢慢引退，因此遠山義士的筆頭——從今天開始就輪到你來當了。」

「引退……？」

「我們遠山一族的HSS，是以性亢奮為引爆劑、伴隨人格變化的全身神經強化。而這雖然是個人見解，不過我認為戀愛與性是不可分割的東西。」

戀愛……性……

雖然大哥忽然開始提起我不喜歡的話題，但關係到他的引退，我也不得不繼續聽下去了。

「所謂的戀愛結婚，是建立在夫妻之間戀愛的延長線上。一開始甜如蜜的戀愛感情，會漸漸變得像檸檬水般甜中帶苦，最終變成像水一樣不可或缺的愛。愛是一種溫和的感情，跟爆發模式的引爆劑又是不同的東西。」

檸檬水……還真佩服大哥可以面不改色地說出這種比喻啊。

「結婚可說是HSS引退的一個里程碑。對男人來說，會變得避免對其他女性產生性亢奮。我雖然創出能夠隨意產生性亢奮的方法，但那也算是灰色地帶啊。」

「加……那應該沒什麼關係吧？雖然這是大哥跟佩特拉之間決定的事情啦……」

「不只是這樣。男人產生性亢奮的力量，會隨著男性累積人生經驗而漸漸變弱。年齡增長也是阻礙性亢奮的一種要素。換言之，年紀越大，我們就會變得越弱。」

雖然大哥說話的表情很帥氣，但講的內容還真「那個」啊。一直「性亢奮、性亢奮」的。

不過……無論在原理上還是感覺上，我也不是不能理解啦。像我小時候看到電影中的接吻畫面時還會嚇得手足無措，到現在已經能冷靜地快轉了。

想必我們就是結了婚之後會進入衰退的戰士。

大哥所說的『漸漸引退』——

不管願不願意，大概我總有一天也會遇到吧。

「我明白了。但是大哥，你也沒必要放棄。雖然像爺爺或老爸那樣的做法我不太能認同，不過像GⅢ就可以靠音樂或美術品進入爆發模式啊。」

聽到我苦笑說出這樣的話，大哥也輕輕對我笑一下——

沒再多說什麼，便走回屋內了。

正當一個人留在陽臺上的我，靜靜消化著大哥所說的話時……

沙沙……忽然傳來枯葉的摩擦聲。

從高度大約一公尺的這個陽臺底下。

「……？」

或許是因為太專心講話的關係，我跟大哥剛才都沒注意到，不過或許是有什麼野貓吧？

我這樣想著，並且從陽臺探出身體一看——

——！

竟然看到——**粉紅色的雙馬尾**。

「……亞、亞莉亞……！」

那個人影聽到我的聲音而抖了一下，從陽臺底下拔腿衝出。

看著在黑夜中逃到庭院的那個背影……我的血液瞬間凝結了。

是亞莉亞。

被亞莉亞、聽到了。

剛才的、對話。

（……！）

亞莉亞剛剛就是在這個陽臺上不小心把包包裡的東西散落到庭院中的。她大概是洗完碗之後，跑來撿東西的吧？

而且她既然會逃跑，就表示……不妙……！

爆發模式的事情……被亞莉亞發現了！

我不管三七二十一，立刻從陽臺上跳到公寓的庭院中——尋找亞莉亞的下落。

怎麼辦？

這下該怎麼辦？

被亞莉亞知道了。我是靠爆發模式，也就是透過性亢奮為引爆劑的特異體質戰鬥到今天的事情。

而且我至今有好幾次，是靠亞莉亞辦到這點的事情……！

我的腦袋不禁變得一團混亂，全身冒出不舒服的汗水。

世界看起來就像扭曲了一樣。感覺快吐了。

「……嗚……！」

位於陰影處的這片庭院中，殘留著些許前陣子下的雪——

因此我靠腳印很快便發現亞莉亞逃跑的方向了。

是位於大哥公寓旁邊的乃木神社……

……境內的水盤舍。

蓄水供信徒洗手漱口用的石造大水盤後面。

蹲下身子躲在那裡的，正是亞莉亞。

（亞莉亞……！）

我上氣不接下氣地追到這裡後，亞莉亞從水盤後面微微探出半顆頭——注視著我。

那對眼神，彷彿是在對我述說著：『……我好害羞呀……』

亞莉亞那平常總是精神抖擻、充滿活力的臉蛋……現在變得比以往臉紅的時候還要紅，露出困惑的表情。

啊啊，我該怎麼辦？

該怎麼對她開口啊？

連這種事情都不知道的我……

「……妳躲在那種地方做什麼啦？」

一片空白的腦袋，只能對她提出這樣單純的疑問。

「……我回想起在跳箱中的事情了。」

也就是我……第一次因為亞莉亞進入爆發模式的事情吧？

我被理子的自走式烏茲槍追殺，然後被亞莉亞拯救的時候……很沒禮貌地，因為抱住我的亞莉亞的胸部，而進入了爆發模式。

當時我緊接著就對烏茲槍進行了一場槍口射擊。而且是用全自動手槍七連發。目擊到我那超人般技巧的亞莉亞，立刻判斷出我體內隱藏『某種力量』……而把我選為她一直在尋找的搭檔了。

可是她至今為止都萬萬沒想到——那竟然是因為我對她產生的性亢奮所發動的力量。

「……」

「……」

兩人沉默了好一段時間後……

我從水盤上拿起勺子，舀了一杓冷水，輕輕漱口。

雖然我不認為這樣做就能清淨我的身心啦。

「……」

總算站起身子的亞莉亞，也跟我一樣用水漱洗了一下。她不愧是個貴族，至少知道在神社中該有的禮儀呢。

與她隔著水盤，垂頭喪氣的我……再度把頭抬起來……

「……我們走吧。」

「……嗯、嗯。」

即使兩人都沒辦法正眼看向對方，還是勉強開口對話了。

然後，我帶著至今為止從未有過的緊張感……

與亞莉亞兩人走在夜晚的神社中。

可是，我實在靜不下來啊。

「……話說回來，你還真是個變態呢。竟然對身材像小孩子一樣的我……」

嗚哇……

完全被她發現了。

雖然被聽到的時候我就已經做好覺悟，但是像這樣被說出事實，還是讓我忍不住臉色發青呢。

不過，我也只能將錯就錯了。

「……跟體型沒有關係。」

「呃、那又是、為什麼？」

「那是因為、對、對象是妳啦。」

「……！」

雖然兩人並肩走著，但我已經搞不清楚自己往何處走了。

我們彼此都把臉朝著地面……無法看向對方。因為實在太害臊啦。

「因為妳很可愛啦。」

「…………」

「啊、不、這是那個、以普通人的眼光來說……」

忍不住開口辯解的我……

說到一半又住嘴了。

不，不應該這樣。我還是說出真心話吧。

「而我也、這樣覺得。打從我們第一次見面的、那天開始。」

明明屋外的天氣很冷，我卻一點都不覺得冷。

人一旦害羞起來的時候，全身就會發燙呢。亞莉亞也是像電熱器一樣，全身冒出熱氣啊。

在昏暗的神社中，只有星光照耀著我們的腳下。

四周一片寂靜。

「……妳會冷吧？」

「……不會。」

「要不要回去了？」

「再多走一下嘛。我想你哥哥跟佩特拉應該也想要兩人獨處的時間。」

亞莉亞說出這番善解人意的話。

只要一千分之一也好，能不能拜託妳把那份心意也多少分給身為弟弟的我啊？

不對，這……或許是亞莉亞想要給我時間說明吧？

畢竟這件事，不是兩人獨處的狀況下也很難開口。

大概是因為想逃避現實的關係，我一瞬間想像起以為我和亞莉亞已經回家的大哥跟佩特拉可能會做的事情……而且是在這種奇怪的氣氛下浮現腦海的想像。我根本無處可逃了啊。

看來只能做好覺悟了。

就算亞莉亞決定跟我斷交，也是無可奈何的事情。畢竟我對她產生性亢奮是事實。

「亞莉亞。」

「……」

我停下腳步後，比我多踏出一步的亞莉亞轉回頭。

雖然她講話的語氣似乎很冷靜，但眼神還是騙不過人——感覺她內心其實正處於極限緊張的狀態。她輕輕握在胸前的右手，看起來也像是拚命在壓抑自己的樣子。

「妳從哪裡開始聽到的？」

「從你哥哥說要引退的地方開始。我本來是去撿東西的，結果就……我絕對沒有要偷聽你們講話的打算，可是……」

也就是說，爆發模式的事情完全被她聽到了。

「暑假最後一天——在偵探科大樓的屋頂上，我其實也有想過要把爆發模式的事情對妳攤牌。只是那時候被蕾姬中斷，後來就不了了之了。等到被聽見之後才講這種話，雖然很沒面子……不過還是讓我對妳道歉吧。對不起。」

我誠心誠意地深深鞠躬道歉後……

「……我一直都沒有發現呢。看來我的直覺，對這種事情並沒有效果的樣子。」

亞莉亞彷彿是在表示『我不會開槍』似的，把手放到自己背後。

「……妳應該覺得很不舒服吧？」

「我只是有點驚訝而已啦。」

抬起頭的我，看到亞莉亞——

對我露出似乎願意接受我的表情。

「雖然我對男生的那種部分，不是很了解。不過那並不是什麼討厭的感覺對吧？」

不只如此，她的表情甚至看起來並不厭惡的樣子。

雖然我覺得應該不至於到開心的程度啦……

或許是發現自己稍微在笑的關係，亞莉亞緊接著又豎起粉紅色的眉梢……

「可、可是！我可不會讓你用這種事情利用我喔！只有在意外狀況下變成那樣的時候，我可以輕輕開槍就饒過你。」

「……『開槍』應該沒有分什麼輕重吧……」

「另外，從今以後，只要你變成了『那個』你，我、我就可以知道你一定在想下流的事情了。如果狀況不適宜，我就會毫不留情地對你開槍囉。」

不管怎麼樣都是要對我開槍嘛。
「拜託妳別開槍啦。我自己……也很煩惱啊。」
聽到我露出沒出息的表情如此說道……
「對、對不起。說得也是。感覺你也不是自願變成那種體質的。」
或許是因為內容嚴肅的關係，亞莉亞也意外地表現出認真而順從的態度了。
「話說，從今以後──我們之間的搭檔關係，妳有什麼打算？跟我這種體質的武偵在一起的風險，並不算低啊。」
「沒錯，金次，畢竟你腦袋又差，戰鬥方式又不合常理，又很蠢，又是難得一見的花花公子，更嚴重的是還有這種體質。真的是最差勁的武偵了。」
「沒、沒必要說到那種地步吧？」
「──這世上根本就沒有人有辦法跟這樣的你當搭檔吧？呃……除了我以外。所以說……你就好好感激我吧，我今後也會繼續使喚你的。」
彷彿是在回敬我們兩人從武偵高中出發時，我對她說過的那番話似地……
亞莉亞對我如此說道。
「你就是我的華生。雖然還有另一個華生，這樣講很容易混淆。不過……我們兩人就是二十一世紀的福爾摩斯和華生。這就是我的決定，而且一旦定下就一輩子都不會改了。好啦，所以說，快把那張愁眉苦臉的表情給我收起來！」
捏著我的鼻子，像主人一樣對我提出命令的亞莉亞──

雖然身材很小，但卻是個度量很大的女人呢。

「……可以讓我順便問一件事嗎？」

「什麼事？」

「妳……覺得那個我，跟這個我，哪邊比較好？」

「兩邊都一樣啦。金次就是金次呀。」

亞莉亞又回敬了我剛剛在巢鴨說過的臺詞了。

受不了，她真的是個會把被講過的話回敬對方的女孩呢。

「那就來打勾勾吧，當作是重新定下搭檔契約。金次無論亞莉亞遇上什麼狀況，永遠都是亞莉亞的搭檔。亞莉亞無論金次遇上什麼狀況，都是金次的搭檔。好嗎？」

看到亞莉亞對我伸出小指——

我為了掩飾自己因為鬆了一口氣又感到開心而湧出的淚水，趕緊把視線別開。

「幹麼啦？又不是什麼小孩子。這樣感覺像在絡指，很觸霉頭的。」

我雖然嘴上這麼說，但還是忍不住擤了一下鼻子……讓自己喜極而泣的事情完全穿幫……

「不過，我就陪小孩子玩玩吧。畢竟我是個大人了。」

於是我只好把小指勾到亞莉亞的小指上。

「在歐洲沒有妳的時候，我也可以跟同伴們互相合作。但是，我能完全將背後託付的對象——只有妳了，亞莉亞。」

「我也是一樣。當你不在的時候，我好不放心。我能徹底將背後託付的對象——只有你了，金次。」

我們說著，結束只有短短幾秒卻感覺像永遠的打勾勾後——

亞莉亞將手伸進她的小包包中。

「那麼，做為搭檔的證明，讓我送你個禮物吧。」

接著「咚」一聲，在我解開小指後還伸在半空中的手上……

放了一個用很女孩子氣的包裝紙包裹起來、感覺應該是糖果餅乾類的東西。

「今天是情人節，我就送你巧克力桃饅。我可沒有為了做它而熬夜喔。才沒有因為這樣而睡眠不足呢。」

明明我也沒問就這樣自爆的亞莉亞……

想必因為是留學生所以不曉得，這在武偵高中可是違反校規的行為啊。

「……這是妳做的？」

「為什麼要露出討厭的表情啦？」

「啊、不，我沒有討厭啦。謝謝妳，我很高興。」

「嗯，老實的金次就是好金次。」

亞莉亞笑咪咪地抬頭看著我……

真沒想到我竟然會收到亞莉亞的巧克力呢。實在太意外了。

但是，這玩意吃起來可是要賭上性命啊。畢竟亞莉亞的廚藝很差勁——

「快吃吧。」

「……嗚……！」

「為什麼要露出快死的表情啦？你不想吃就給我吃。」

——我不能讓搭檔的性命受到威脅。於是……我彷彿在解除炸彈一樣，慎重地解開包裝。

（這就是、巧克力桃饅……！）

應該是添加了巧克力的深褐色麵團，做成仔細觀察下勉強可以說是桃饅形狀的物質——

我用顫抖的手將它放入口中……外皮黏糊糊，內餡有顆粒感……可見包在裡面的餡料中也添加了巧克力。

原料是巧克力磚吧？因為吃起來還有應該是料理過程中不小心混進去的鋁箔包裝紙的味道。

——超難吃的！

「好吃嗎？」

「還……還可以啦。」

我雖然用臨時的演技含糊真心話，但似乎還是不能滿足亞莉亞——

結果她保持著笑臉，「唰！」一聲抓住我的下顎。

「好吃嗎？順道一提，我的握力可以捏碎撞球喔？」

「好吃！我現在忽然這樣覺得了！」

「那你為什麼要露出快哭出來的表情？」

「因為我以前都沒吃過這麼美味的東西，不禁為過去的自己感到哀傷……啦……！」

「嘿嘿～」

大概是對我拚命的回答感到滿意了，亞莉亞沒有破壞我的下顎——還露出嬌羞的表情。

然後，等到我一邊想著『吃下這麼多餡餡沒關係嗎？』一邊吃完這顆巧克力桃饅後……

「太好了。因為這其實違反校規，我本來以為你不會接受的說。不過金次還是收下了。」

……原來妳知道啊？在武偵高中是禁止過情人節的事情。

「違反校規……下個月我也會違反，妳就等我一個月吧。」

聽到用手擦拭嘴角的我這麼一說，亞莉亞就「嘩——」地像星星一樣露出閃亮的表情。該死，還真可愛呢，讓人不禁覺得什麼事都可以原諒她了。

「……那我們差不多該回去了吧？」

心想大哥家應該會有胃腸藥的我，假裝若無其事地催促亞莉亞——

「嗯，畢竟我們什麼都沒說就跑出來了。話說，金次你昨天講過英文吧？雖然是南的美式英語啦。」

於是亞莉亞邁步走出，同時提出了這樣一個話題。

「哦、哦哦，那是我在歐洲學到的。」

雖然那是用爆發模式下的作弊招式學來的，不過我還是老實回答，並走在她身邊。

「那麼你也能來英國了呢。畢竟我都拜訪過你老家了，下次也要請你來倫敦才行呀。」

「妳說要我去拜訪福爾摩斯家？」

「……因為你都送我戒指了呀。在我生日的時候。」

為什麼現在要提起這件事？

「唉呀……反正我也多少習慣歐洲了。好啊，我下次就去。」

「那就說定囉。對了，我問你喔……你覺得你家的人對我的印象好嗎？」

「應該不錯吧？畢竟妳裝得那麼乖。但反過來說，妳應該對我家的印象很差吧？」

「才不會，感覺很讓人放鬆呢。」

我倒是一點都不能放鬆啊！亞莉亞看到我被大哥毆打，又看到大哥被爺爺毆打，竟然還會對遠山家感到很中意。未免太奇怪了。

「亞莉亞在自己家沒辦法放鬆嗎？」

「……我在家過得很不舒服。我沒跟你提過，其實我——有個叫『梅露愛特』的妹妹。她是純種的英國人，但我不是。」

亞莉亞有妹妹的事情，我以前偷聽華生跟亞莉亞對話時就已經知道了。不過……

原來她們是不同母親生的啊。

「除了血統之外，梅露愛特也繼承了曾爺爺的推理能力。過去曾經接受過女王陛下諮商，是個天才少女……雖然個性扭曲，但長得很可愛。」

亞莉亞說著，露出感覺對那個妹妹既喜歡又羨慕的複雜表情。

「所以我話說在先，福爾摩斯家正式的繼承人，我想應該會是梅露愛特。雖然我的貴族權並不會因此被剝奪，可是我一輩子都會被家族的人當成『不存在的東西』。對不起……我一直把這件事隱瞞著你。」

「沒關係啦，反正我也有隱瞞過妳事情。妳就別在意了，我也不會在意的。」

老實講，亞莉亞在福爾摩斯家的立場如何，我根本不在乎。因此我若無其事地如此回應後……

「……謝謝你，金次。但我覺得這種事情還是要親眼看過才會知道。所以，你就來英國一趟吧。我希望在那裡讓金次明白，我的一切……」

亞莉亞有點不安地說著，不過——

或許是因為把自己過去沒能說出口的事情說出來了，她的表情看起來鬆了一口氣。

然後，踏踏踏！

她往前面跑出幾步後，停下腳步。

「今天真是開心的一天呢。能夠見到金次的家人，我很高興。能夠聽到金次說出自己的祕密，我很高興。能夠跟金次打勾勾，我很高興。金次願意吃完我的巧克力，我很高興。今天……是我至今為止的人生中，最開心的一天了。」

隔著背影，說出這樣像童話臺詞般話語的亞莉亞——

背對著同樣停下腳步的我，仰望天空。

似乎是在等我……做出什麼行動。

然而——

像這種時候，我卻不知道該對亞莉亞做什麼事才好。

「……」

「……」

四周的寂靜包覆著我們——

一道流星劃過冬季的夜空。

彷彿是以此為暗號似的，亞莉亞看了一下手錶——

「回去吧。」

再度邁步走在無人的道路上。

亞莉亞。

我——

因為這個體質的關係，過去一直都在躲避女生……正確來說……是不知道該怎麼對待女生。

但是。

但是，我有種會後悔的預感。

如果我現在不趕上去。

如果現在不對妳這麼做……！

難以壓抑的情緒，催促我從背後追上亞莉亞——

——抱住她了。

「亞莉亞。」

「等等，讓我來說。」

因為身高差距二十八公分的關係，像是全身被我包覆的亞莉亞……

「雖然我過去總是對你暴力相向，但那其實是一種表裡相反的行為。相信我。」

……低著頭，如此說著……

「我其實——」

在我的懷中轉回身子……

「——很喜歡你——」

……不對。

……不、對……！

「…………喔，遠山。」

這不是亞莉亞。

她那對不知不覺間失去光彩、變得像人偶一樣的雙眼中——

充滿了我似曾見過的氣息。

「——哈哈哈哈哈！實在教人意外！我還以為會在戰鬥中覺醒的，沒想到竟然是因為戀愛覺醒啦！」

明明到剛才為止都是亞莉亞的。

但妳是——

「——緋緋神……！」

曾經降臨在孫體內的那個靈魂——現在轉移到亞莉亞身上了。

亞莉亞的表情，以及從我懷中鑽出去的動作，和原本的她完全不一樣。

……亞莉亞的心，被緋緋神取代了！

為什麼！為什麼……！

按照玉藻的說明，明明應該還有時間才對啊。

搖搖頭、晃動雙馬尾的亞莉亞——不對，緋緋神——似乎因為再度獲得肉體，而舒服地仰望天空。

「好久不見了，遠山。不，其實我過去也有好幾次差點進來，但是在不破壞心臟的前提下進來這身體實在太困難了。你應該也見過亞莉亞好幾次發作，脫口說出自己真心話的樣子吧？那其實就是我不放過戀愛心情蠢動的機會，努力嘗試錯誤下的結果呀。」

她說著，咧嘴露出……非常純粹——純粹邪惡的笑臉。

別這樣……別這樣！亞莉亞才不會露出那種表情……！

「太棒了，戀愛真是太棒了。高昂的戀愛心情，正是喚醒我的動力。尤其是當自己快要失去心愛的對象時……在安培利努號上，亞莉亞以為你喪命的那時候，特別棒。不過，對心愛的人表白自己的愛，那剎那間的激昂更是無上！就讓我誇獎你吧，遠山！」

在憤怒發抖的我眼前，緋緋神——「碰！」地一聲……往地面一蹬，高高跳起。接著又「碰！」地一聲，**在什麼也沒有的半空中一蹬**，跳往更高的地方。

然後——用蹲下的姿勢，降落在石造的巨大鳥居上。

以亞莉亞的姿態背對著新月的緋緋神……

「哈哈哈哈！這女人，想必可以成為我在現世中的身軀呀。真是再適合不過了。喂，遠山，快給我伏首慶賀。現在的我，可以使用全部的力量啦！無論是如意棒還是曆鏡，我想用什麼都能用了！」

或許是為了行動方便，緋緋神自己撕開了裙子。而她的聲音——雖然還是亞莉亞的娃娃音，但講話的方式就跟孫從我身上偷走的一樣，讓我聽得都快瘋了。

所謂的色金，是魔力的核燃料。

現在緋緋神的宣言，應該就是代表她能夠無窮無盡地使用各式各樣的超超能力。

「對了，畢竟你是個笨蛋，我就說明得清楚一點。亞莉亞是真的喜歡你，對你抱有情愫呀。」

……我還真不想在這樣的狀況下聽到呢。

不過，這是緋緋神說的話。並不是亞莉亞的說詞。

「緋緋色金一即是全，全即是一。不過，這才是真正理想的一……！」

彷彿在唱歌般說道的緋緋神周圍——

枝葉延伸到鳥居左右兩邊的樹木，開始騷動起來。

啪！啪！明明沒有被東西觸碰到，枝葉卻當場彈開。

亞莉亞身上那件被撕破的裙子，也輕輕飄起。

簡直就像某種無重力空間。

以鳥居為中心，底下石頭路上的石子開始發出聲響。砂礫飄浮起來，大地開始剝離、震動。緋緋神全身散發出的鬥氣，甚至讓天上的星星看起來都像在顫動。

「開始吧，戰爭。戀愛與戰爭——其中之一的戰爭。現在的世界太無趣了。無趣是一種罪惡，而戰爭就是破壞那種罪惡的正義儀式。身為正義夥伴的遠山呀，跟我來吧。我要從此刻開始，引發擴散到全世界的大戰——！我最擅長的就是引發戰爭。在外交上，就以日本對抗全世界的形式進行吧。首先，只要我宰殺掉弱小的人類，就像中國的三國志、日本的戰國時代、歐洲的黑暗時期——這次從全世界都將會有超人被引誘過來。就讓如繁星般的超人們，與我、與你，瘋狂戰鬥吧！一定會很熱血！很有趣的！我要用戰爭，為這個無聊的世界**開洞**！哈哈哈哈哈！」

釋放出緋色的光芒、露出亞莉亞的犬齒大笑的緋緋神——

往左右大大敞開粉紅色的雙馬尾。

就像翅膀一樣。

那姿態，可說是完全超越人類的存在。

面對孫的時候我就已經感受過了，那模樣雖然教人恐懼，卻也帶有教人入迷的美麗……

可說是宛如神一般的神聖。

相對地，我則是——

——撲通——！

感受到在身體中心、中央，靜靜地有股強烈的血流在脈動。

那血流漸漸改變我。

讓我成為了另一個我。

「——雖然女孩子有各式各樣的一面，本來是很正常的事情。」

爆發模式下的我開口說著——抬頭看向緋緋神。

「但是像戰爭這種大規模的事情，我實在很難想像啊。另外——有件事情妳誤會了。我並不是什麼正義的夥伴。」

「哦？那又是什麼？」

這次……倒是意外地明確呀。

我的立場就是……

「亞莉亞的夥伴。」

我明確地進入爆發模式了。這是——

因為『亞莉亞』這個存在——被緋緋神奪去，而造成的狂怒爆發。另外再加上亞莉亞的人格喪失造成覺醒的王者爆發。相互交乘下，這血流相當強勁。

如果妳是神，那我便是王。

神・對・王——應該夠資格當對手了吧，緋緋神？

「把我的亞莉亞還來！」

就這樣——我今晚也要挺身對抗了。

Go For The Next!!!

後記

大家好！我是剪了頭髮卻沒被家人發現的赤松！

在這次的第十七集中，金次也有稍微提到過——這部作品中登場的金次一族・遠山家中，代代傳承了像『絕牢』、『秋水』、『呼蕩』、『潛林』等等各式各樣的招式。

不過像金一跟金次使用的招式並非完全相同，金次也沒有從父親那裡學到秋水等等，遠山一族各世代、每個人擁有的招式卻多少有些出入。

要說到原因的話，首先是因為遠山家從上一代傳承給下一代的招式，其實有一百招的上限。例如說，像金次雖然是個相當厲害的招式發明家、收集家，但如果他學會的招式超過一百招之後——傳承給下一代時，就有義務要把超出數量的招式封印或破棄。另外，金次的父親也有將他的一百招以近乎平分的形式傳承給金一跟金次。

遠山家這種對於招式傳承可說是非積極性的習俗……主要是為了防止擁有「爆發模式」這種特殊體質的族人變得太強，最後難以抑制的關係。他們透過讓每個人、每個世代的招式具有差異性與多樣性，便於在萬一有人染上邪惡的時候——自己族人能夠靠對方未知的招式討伐那個人。

金次內心也有對這樣的事情感到害怕過，所謂貫徹正義之士的一族——其實也代代相傳著像這樣以血浴血的覺悟。雖然筆者對自己寫出來的故事講這種話也很奇怪，不過這真是恐怖的一件事呢。

好啦，在這邊稍微換個話題——

不久前，《緋彈的亞莉亞》系列累計賣出書量突破五百萬本的大關了。

除了改編漫畫與動畫之外，本作品還有出版『緋彈的亞莉亞ＡＡ』與『緋彈的小亞莉亞』等等外傳，在臺灣、泰國、韓國與中國等亞洲各地也有出版翻譯版本，以公仔為首的各式周邊商品也推陳出新，還有在深獲好評的遊戲『超級女英雄戰記』中受邀登場，甚至被搬上小鋼珠機臺……

亞莉亞的世界已經拓展到筆者當初剛開始執筆這部作品時，完全無法想像到的境界了。

而且沒想到，還會繼續拓展下去！

沒錯，就是透過上一集的書末廣告中也有稍微公布過的『**新企劃**』……！

這一切的一切，都要感謝編輯部與各方關係人，更重要的是要感謝各位讀者大人們的支持。

謹讓我抱著由衷感激的心情，為本集畫上句點。真的非常感謝各位。

那麼下次——等到太陽宛如金次與閻爆出的閃光般耀眼的季節再相見了。

二〇一四年四月吉日　赤松中學

祝
アリア17巻
発売!!
慶祝亞莉亞第17集發售!!
這次感覺好久
有畫這麼多
莉亞了！
外也有畫到久違的角色，
我好開心！
麼，
待下一集再相見！

機巧少女不會受傷
海冬零兒 著
LLO 繪
④ 機巧少女不會受傷
Facing "Rosen Kavalier"
Reiji Kaito
海冬零兒
插畫・LLO
⑤ 機巧少女不會受傷
Facing "Rings Singer"
Reiji Kaito
海冬零兒
插畫・LLO
⑥ 機巧少女不會受傷
Facing "Crimson Red"
Reiji Kaito
海冬零兒
插畫・LLO
機巧少女

浮文字
緋彈的亞莉亞(17) 緋彈的宣敘曲
(原名：緋弾のアリアXVII 緋弾の叙唱(レチタティーヴォ))
作者／赤松中學　封面插畫／こぶいち　譯者／陳梵帆
發行人／黃鎮隆　協理／陳君平
總編輯／洪琇菁　國際版權／林孟璇
執行編輯／呂尚燁　美術主編／李政儀
企劃宣傳／邱小祐
出版／城邦文化事業股份有限公司　尖端出版
台北市中山區民生東路二段一四一號十樓
電話：(〇二)二五〇〇七六〇〇　傳真：(〇二)二五〇〇二六八三
E-mail：7novels@mail2.spp.com.tw
發行／英屬蓋曼群島商家庭傳媒股份有限公司城邦分公司　尖端出版
台北市中山區民生東路二段一四一號十樓
電話：(〇二)二五〇〇—七六〇〇(代表號)
傳真：(〇二)二五〇〇—一九七九
北部經銷／祥友圖書有限公司
電話：(〇二)八五一二—三八五一
傳真：(〇二)八五一二—四二五五
中部經銷／高見文化行銷股份有限公司
電話：〇八〇〇—〇五五—三六五
傳真：(〇二)二六六八—六二二〇
雲嘉經銷／智豐圖書股份有限公司　嘉義公司
電話：(〇五)二三三—三八五二
傳真：(〇五)二三三—三八六三
南部經銷／智豐圖書股份有限公司　高雄公司
電話：(〇七)三七三—〇〇七九
傳真：(〇七)三七三—〇〇八七
一代匯集／香港九龍旺角塘尾道六十四號龍駒企業大廈十樓B&D室
電話：(八五二)二七八三—八一〇二
傳真：(八五二)二七八二—一五二九
馬新總經銷／城邦(馬新)出版集團　Cite(M)Sdn.Bhd.
E-mail：Cite@cite.com.my
大眾書局(新加坡)　POPULAR(Singapore)
E-mail：feedback@popularworld.com
大眾書局(馬來西亞)　POPULAR(Malaysia)
E-mail：popularmalaysia@popularworld.com
法律顧問／通律機構
台北市重慶南路二段五十九號十一樓
二〇一四年八月一版一刷

■中文版■

郵購注意事項：
1. 填妥劃撥單資料：帳號：50003021戶名：英屬蓋曼群島商家庭傳媒(股)公司城邦分公司。2. 通信欄內註明訂購書名與冊數。3. 劃撥金額低於500元，請加附掛號郵資50元。如劃撥日起 10～14日，仍未收到書時，請洽劃撥組。劃撥專線TEL：(03)312-4212 ・ FAX：(03)322-4621。E-mail：marketing@spp.com.tw

國家圖書館出版品預行編目資料

緋彈的亞莉亞 / 赤松中學 著 ； 陳梵帆 譯.--1版.
--臺北市：尖端出版, 2009.10
面 ; 公分.--(浮文字)
譯自:**緋弾のアリア**
ISBN 978-957-10-5633-3(第17冊：平裝)

861.57 98014545